Le fait du prince

Amélie Nothomb

Le fait du prince

ROMAN

ÉDITIONS FRANCE LOISIRS

Édition du Club France Loisirs,
avec l'autorisation des Éditions Albin Michel.

Éditions France Loisirs,
123, boulevard de Grenelle, Paris.
www.franceloisirs.com

ISBN : 978-2-298-02026-7

– Si un invité meurt inopinément chez vous, ne prévenez surtout pas la police. Appelez un taxi et dites-lui de vous conduire à l'hôpital avec cet ami qui a un malaise. Le décès sera constaté en arrivant aux urgences et vous pourrez assurer, témoin à l'appui, que l'individu a trépassé en chemin. Moyennant quoi, on vous fichera la paix.

– Pour ma part, je n'aurais pas songé à appeler la police, mais un médecin.

– Cela revient au même. Ces gens-là sont de mèche. Si quelqu'un à qui vous ne tenez pas a une crise cardiaque à votre domicile, vous êtes le premier suspect.

– Suspect de quoi, si c'est une crise cardiaque ?

– Aussi longtemps qu'on n'a pas prouvé que c'était une crise cardiaque, votre appartement est considéré comme une scène de crime. Vous ne pouvez plus toucher à rien. Les autorités envahissent votre domicile, c'est à peine si elles n'inscrivent pas l'emplacement des corps avec de la craie. Vous n'êtes plus chez vous. On vous pose mille questions, mille fois les mêmes.

– Où est le problème si l'on est innocent ?

– Vous n'êtes pas innocent. Quelqu'un est mort chez vous.

– Il faut bien mourir quelque part.

– Chez vous, pas au cinéma, pas à la banque, pas dans son lit. Ce quidam a attendu d'être chez vous pour passer l'arme à gauche. Le hasard n'existe pas. S'il est mort à votre domicile, vous y êtes forcément pour quelque chose.

– Mais non. Cette personne peut avoir éprouvé une émotion violente à laquelle vous êtes étranger.

– Elle a eu le mauvais goût de l'éprouver dans votre appartement. Allez expliquer cela à la police. À supposer que les autorités finissent par vous croire, pendant ce temps le cadavre est chez vous, on n'y touche pas. S'il est mort sur votre canapé, vous ne pouvez plus vous y asseoir. S'il a trépassé à votre table, habituez-vous à partager les repas avec lui. Il va vous falloir cohabiter avec un macchabée. C'est pourquoi, je vous le répète : appelez un taxi. N'avez-vous pas remarqué, dans les journaux, la formule consacrée : « l'individu est mort pendant qu'on le conduisait à l'hôpital ». Avouez que c'est drôle, cette propension qu'ont les gens à mourir au cours d'un trajet, dans des véhicules anonymes. Oui, car vous aurez compris que ce ne doit pas être votre voiture.

– Ne poussez-vous pas la paranoïa un peu loin ?

– Depuis Kafka, c'est prouvé : si vous n'êtes pas paranoïaque, vous êtes le coupable.

– À ce compte-là, mieux vaut ne jamais recevoir.

– Je suis content de vous l'entendre dire. Oui, mieux vaut ne jamais recevoir.

– Monsieur, que sommes-nous en train de faire ?

– Nous sommes reçus, nous ne recevons pas. Nous sommes des petits malins. Faut-il que nos hôtes nous apprécient pour prendre ainsi le risque que nous venions mourir chez eux ?

– Vous me paraissez en bonne santé.

– On croit cela. Vous savez ce que c'est. Il est plus tard que nous ne le pensons. Il nous reste peut-être si peu à vivre. Ce temps, nous ne devrions pas le consacrer à des mondanités.

– En ce cas, pourquoi êtes-vous ici ?

– Pour une raison que j'imagine identique à la vôtre : parce qu'il est difficile de refuser. Cette question est moins mystérieuse que celle-ci : pourquoi nos hôtes nous ont-ils invités ?

– Parlez pour vous.

– Je ne parle pas plus de votre qualité que de celle des autres personnes qui nous entourent. C'est d'autant plus bizarre que tous ces gens ici présents, intelligents et qui éprouvent visiblement une certaine sympathie, voire de l'amitié les uns pour les autres, n'ont absolument rien à se dire. Écoutez-les. C'est inévitable : passé l'âge de vingt-cinq ans, toute rencontre humaine est une répétition. Untel vous parle et vous pensez : « Tiens, c'est le cas 226 *bis.* » Quel ennui. Comme je connais déjà tout ça. Je suis là ce soir uniquement parce que je n'ai pas envie de me brouiller avec nos hôtes. Ce sont mes amis, bien que leur conversation ne m'intéresse pas.

– Et vous ne leur rendez jamais la politesse ?

– Jamais. Je ne comprends pas pourquoi ils continuent à m'inviter.

– Peut-être parce que vous êtes votre meilleur contre-exemple : ce que vous venez de me raconter au sujet du décès, je ne l'avais jamais entendu.

ÉTONNÉ d'avoir passé une si bonne soirée, je rentrai chez moi. On n'est jamais déçu quand on parle de la mort. Je dormis d'un sommeil de survivant.

Vers neuf heures du matin, comme je prenais une deuxième tasse de café, on sonna. À l'interphone, j'entendis la voix d'un inconnu :

– Ma voiture est en panne. Pourrais-je utiliser votre téléphone ?

Décontenancé, j'ouvris ma porte et vis entrer un homme d'âge moyen.

– Pardonnez cette intrusion. Je n'ai pas de portable et la cabine téléphonique la plus proche est en panne. Il va de soi que je vous paierai cette communication.

– Ce n'est pas nécessaire, dis-je en lui tendant l'appareil.

Il saisit le combiné et composa un numéro. Tandis qu'il attendait, il s'effondra.

Stupéfait, je me jetai près de lui. J'entendis une voix lointaine dire « allô ? » dans le téléphone que j'eus le réflexe de raccrocher. Je secouai l'homme.

– Monsieur ! Monsieur !

Je le retournai sur le dos. Il avait la bouche entrouverte et l'air ahuri. Je lui tapotai les joues. Aucune réaction. J'allai chercher un verre d'eau, j'essayai de le faire boire, en vain. Je répandis le reste du liquide sur son visage. Il ne réagit pas davantage.

Je tâtai le pouls de l'individu et j'eus la confirmation de ce que je savais. À quoi sait-on que quelqu'un est mort ? Je ne suis pas médecin, mais chaque fois que je me suis trouvé en présence d'un mort, j'ai éprouvé une gêne très profonde, le sentiment d'une impudeur insupportable. Toujours cette envie de dire : « Voyons, monsieur, quelle tenue ! Reprenez-vous ! Si tout le monde se laissait aller comme vous ! » Quand on connaît le défunt, c'est encore pire : « Ça ne te ressemble pas de te conduire ainsi. » Je n'évoque même pas le cas, troublant jusqu'à l'obscène, où l'on aimait le cher disparu.

En l'occurrence, mon mort n'était ni cher ni encore moins disparu. Il avait choisi ce moment singulier de sa vie pour apparaître dans la mienne.

Il n'était pas temps de philosopher. Je m'emparai du téléphone pour appeler les secours ; le souvenir de la conversation de la veille arrêta mon geste.

« Quelle coïncidence ! » pensai-je.

Allais-je suivre le conseil de mon interlocuteur de la veille ? N'était-ce pas l'un de ces provocateurs mondains qui disent des énormités pour épater la galerie ? J'aurais aimé appeler les secours. J'étais là, seul avec ce cadavre inconnu, cet inconnu au carré, car même votre voisin de palier, dont vous entendez les querelles domestiques depuis vingt ans, devient un étranger dès qu'il traverse le Styx. En pareil cas, on aimerait avoir quelqu'un à côté de soi, ne serait-ce que pour le prendre à témoin : « Vous avez vu ce qui m'arrive ? »

Ce mot de témoin me plongea dans la perplexité. Personne ne pourrait témoigner de ma mésaventure. Hier, l'interlocuteur m'avait parlé de décès lors de réceptions, mais ce n'était pas ce qui s'était produit. Il n'y avait autour de moi aucun tiers qui attesterait de mon innocence. J'étais le coupable idéal.

Je n'allais quand même pas m'installer dans cet état d'esprit. Raison de plus pour appeler les secours : il fallait me laver de cette peur absurde que la conversation d'un amateur de paradoxes m'avait inoculée. Je tendis la main vers le téléphone.

Qui avais-je vu effectuer ce geste pour la dernière fois ? Le mort. Cette pensée ne me rendit pas superstitieux, mais me remit en mémoire que l'individu avait composé un numéro et qu'on avait décroché. Si j'appelais qui que ce fût, j'effaçais à jamais mon unique possibilité de pousser la touche Recomposition pour savoir à qui il téléphonait.

Il n'y avait pas grand mystère : c'était son garagiste qu'il avait dû appeler. Or il avait composé le numéro de tête : connaît-on par cœur les coordonnées de son garage ? Ce n'était pas impossible, même si c'était loin d'être mon cas.

Par ailleurs, en réexaminant mon souvenir, il m'avait semblé que la voix qui avait dit « allô ? » au bout du fil était celle d'une femme. Une femme peut-elle diriger un garage ? Je m'en voulus de cette réflexion machiste. Oui, une femme garagiste, pourquoi pas ?

Il était également pensable qu'il ait téléphoné à son épouse pour avoir le numéro du garage. En ce cas, il me suffisait de pousser sur une touche pour annoncer à une dame son veuvage. Ce rôle m'effraya. J'en rejetai la responsabilité.

Puis la curiosité s'empara de moi. Avais-je le droit de regarder les papiers d'identité de l'inconnu ? Cela ne me parut pas élégant. Je m'avisai que l'attitude de cet homme ne l'était pas non plus : venir mourir chez moi, comme ça, me mettre dans cette situation, moi qui lui avais spontanément ouvert ma porte ! Sans plus hésiter, je saisis son portefeuille dans sa poche poitrine.

Sur sa carte d'identité, j'appris qu'il s'appelait Olaf Sildur, de nationalité suédoise. Brun et grassouillet, il ne correspondait pas à l'idée que j'avais d'un Scandinave. Il avait parlé français sans trace d'accent. Né à Stockholm en 1967 – la même année que moi. Il semblait plus âgé, sans doute à cause de sa corpulence. Je ne pus lire sa profession, écrite en suédois. Sur la photo, il me parut aussi stupide qu'il l'était à présent dans son ahurissement de cadavre : une vocation.

Le domicile indiqué était situé à Stockholm. Ce devait être un résident français. Cela n'allait pas m'aider – à quoi au juste ? Le portefeuille contenait aussi mille euros en billets de cinquante. Où diable se rendait ce type avec une telle somme cash, un samedi matin ? Les coupures étaient neuves.

Au point où j'en étais, je fouillai les poches de son pantalon. Un trousseau de clefs, dont ses clefs de voiture. Quelques préservatifs me laissèrent rêveur.

Je voulus voir son véhicule. Je sortis en emportant ses clefs. Plusieurs automobiles étaient garées dans la rue, mais c'était la première fois que j'y remarquais une Jaguar. J'essayai les clefs dans la serrure : j'avais gagné. Assis à la place du chauffeur, j'ouvris le vide-poches : la carte grise indiquait qu'Olaf Sildur habitait Versailles. Rien d'autre n'attira mon attention. Je rentrai chez moi où le mort m'accueillit avec discrétion.

– Olaf, que vais-je faire de toi ?

Il ne répondit pas.

La voix du devoir m'intima à nouveau d'appeler la police ou les secours. Je sus alors avec une certitude définitive que j'en serais incapable. D'abord parce que je ne me sentais plus innocent. Il serait facile de prouver que je m'étais assis dans sa voiture. Comment justifier cette curiosité ? J'avais inspecté son portefeuille, pas uniquement pour voir ses papiers. Le démon de l'indiscrétion s'était trouvé en moi en terrain conquis.

C'était d'autant plus honteux qu'Olaf ne pouvait plus se défendre. D'odieux arguments issus du salaud inconnu que nous contenons tous retentirent dans ma tête : « Allons, ce Viking aurait pu tomber plus mal. Tu ne l'as pas déshabillé et tu ne lui as pas encore dérobé son argent. » Ce « encore » m'emplit de dégoût.

Était-ce la présence de ce mort qui suscitait en moi des pensées si laides ? Ce n'était pas la première fois que je voyais un défunt, mais c'était la première fois que je partageais, pour ainsi dire, l'intimité d'un trépassé. Et la première fois que j'étais le seul à savoir la mort de quelqu'un.

C'était aussi pour cela que je ne me décidais pas à téléphoner : ce cadavre m'appartenait. La seule vraie découverte que j'avais effectuée dans ma vie, c'était le trépas de ce type. Ce que je savais de lui, personne ne le savait, pas même lui-même : à supposer qu'il ait su ce qui lui arrivait, à présent il ne savait plus rien.

Allais-je répandre cette trouvaille ? J'en avais de moins en moins envie. Depuis que j'avais apprivoisé la peur qu'il m'inspirait, j'appréciais de plus en plus la compagnie de celui qui n'était déjà plus un inconnu.

Je repensai à l'un des propos de l'invité de la veille : passé vingt-cinq ans, toute rencontre était une répétition. Ce n'était pas juste : j'allais sur mes trente-neuf ans et Olaf Sildur ne me rappelait aucune autre personne. Mon premier mouvement avait été de juger son attitude inconvenante. On a toujours tort de rester sur un *a priori*. Son air ébahi me devenait sympathique, sa façon de s'introduire chez moi puis de s'y abandonner m'émouvait.

Un ricanement intérieur m'avertit que, tôt ou tard, la cohabitation avec le Scandinave perdrait de son charme : il allait sentir, puer, gonfler, et ce ne serait qu'un début. Ce mois de juillet caniculaire n'arrangerait rien. Comme dans les romans policiers, se posait la question capitale : que faire du corps ?

Mon cerveau fonctionnait à l'identique de celui d'un coupable. Poussé dans ses retranchements, il devenait ingénieux. La métaphysique me suggéra qu'hormis ma qualité de vivant, je ne différais pas tant d'Olaf. Un jour je le rattraperais au pays des macchabées, je lui taperais sur l'épaule en le traitant de farceur : « Quel coup tu m'as fait ! » À part un fleuve mythologique, rien de sérieux ne nous séparait.

Cette rêverie se métamorphosa en une réalité qui me parut énorme : si je lui enlevais ses papiers et le laissais ici un certain temps, ce cadavre passerait pour le mien. C'était un Européen de mon âge, je l'ai dit, aux cheveux bruns. Je vérifiai sur sa carte d'identité : un mètre quatre-vingt-un, comme moi. Il devait peser quinze kilos de plus que moi, mais si on le découvrait à l'état de squelette, cela ne se verrait pas : Olaf présenterait la sveltesse universelle des morts après le banquet des petits vers. Or, vu mon genre d'existence, on ne s'apercevrait de mon trépas que dans longtemps.

Je secouai la tête pour chasser cette idée absurde. C'est une pathologie intime : dès qu'une hypothèse délirante traverse mon esprit, au lieu d'en rire, il faut que je la considère avec sérieux. On croirait que mon cerveau ne différencie pas le possible du désirable. Et quand je dis le possible, je suis indulgent.

Qu'attendais-je pour suivre le conseil du convive de la veille ? Ce ne pouvait être que le destin qui me l'avait envoyé. Il fallait donc appeler un taxi et foncer aux urgences avec cet inconnu qui avait eu un malaise. Le décès serait constaté à l'hôpital. Quand bien même une enquête repérerait mes empreintes dans sa voiture, ce ne serait pas grave : je dirais la vérité, qui était bizarre, un peu moche, mais pas répréhensible. J'alléguerais que perdre les pédales n'avait rien d'incroyable quand l'homme de la rue entrait chez vous pour s'y effondrer. Un tel argument mettrait tout le monde de mon côté. J'étais résolu. C'est alors que retentit la sonnerie du téléphone.

Il me sembla n'avoir jamais rien entendu d'aussi terrifiant. C'était comme si cette sonnerie prouvait ma culpabilité. Ce bruit familier, synonyme de tracas quotidiens ou d'agréables bavardages, n'avait plus rien de commun avec ces significations : je commençai à paniquer. Que cette sirène lancinante cesse ! Au comble de l'angoisse, je pensai que c'était peut-être la personne qu'Olaf avait appelée, elle avait vu s'afficher le numéro et voulait identifier son correspondant.

Raison de plus pour ne pas décrocher. Je me félicitai de ne pas avoir de répondeur. Cela s'arrêta enfin. Tremblant, je m'allongeai sur le canapé. La sonnerie du téléphone reprit. Je saisis l'appareil et le collai à ma tempe comme pour me suicider. D'une voix étranglée, je murmurai la formule d'usage.

– Monsieur Bordave ? entendis-je.

– Lui-même.

– M. Brunèche à l'appareil, votre caviste.

Que me racontait-il ? Il se donnait du monsieur à lui-même : c'était un provincial.

– Je ne comprends pas.

– Rappelez-vous : le Salon des saveurs.

Je ne répondis rien. Il se lança alors dans des souvenirs soi-disant communs dont ma mémoire n'avait pas gardé trace. J'étais, affirmait-il, un bon client. Au dernier Salon des saveurs de la porte de Champerret, six mois plus tôt, je lui avais acheté une caisse de gevrey-chambertin 2003. Il concevait que je l'aie oublié lui, mais il était certain que je me rappelais ce vin. Rien de ce qu'il disait ne me ressemblait. Je flairai une arnaque à la carte bancaire.

– Comment vous avais-je payé ? demandai-je.

– Cash. Vous payez toujours cash.

De mieux en mieux : je payais cash des vins qui devaient coûter un pont. Et je faisais cela souvent. Je déclarai que je n'étais pas le Bordave dont il parlait.

– Vous n'êtes pas Baptiste Bordave ?

– Si.

– Vous voyez bien !

– C'est un homonyme, alors.

– C'est vous qui m'avez donné ce numéro de téléphone.

J'avais l'impression de m'enliser dans des sables mouvants qui auraient eu l'aspect du cirage noir. J'aurais voulu lui demander mon signalement, mais je n'osai pas. Avec ce cadavre à mes pieds, je me sentais trop suspect pour attirer l'attention par une question aussi saugrenue.

– Pardonnez-moi, je dois aller à une réunion de famille, improvisai-je.

Il comprenait très bien et s'excusa de m'avoir dérangé. Il ne raccrocha pas sans avoir précisé qu'il avait en ce moment un meursault phénoménal, que je prenne le temps d'y réfléchir.

Quand je fus débarrassé du caviste, je regardai Olaf qui gisait par terre et je compris que son irruption coupait ma vie en un avant et un après. L'après viendrait à son heure. L'avant me préoccupa.

Qui étais-je ? Personne ne pourrait répondre à cette question trop vague. Même en me la posant par le biais le plus modeste, je ne trouvais rien. Par exemple, je me demandai ce que j'avais prévu pour ce samedi matin : à quoi aurais-je passé mon temps si un Scandinave n'était pas venu mourir dans mon salon ? J'étais incapable de le dire, ni d'avoir un souvenir qui me suggère une piste.

En général, que faisais-je le samedi matin ? Je l'ignorais. Pis : cela ne m'intéressait pas. Après tout, il n'était pas impossible que j'aie été ce personnage qui achetait les meilleurs bourgognes avec des valises de billets de banque. Ça ou autre chose !

Le caviste avait parlé de la porte de Champerret. Je savais que cet endroit existait. Je ne me rappelais pas y être jamais allé. Retient-on ce genre de détail ? La lassitude me frappa à nouveau.

Ce qui ne m'intéresse pas n'est pas moi.

Baptiste Bordave ne m'intéressait pas. Olaf Sildur suscitait, lui, toute mon attention.

Y a-t-il un avantage à être mort ?

La réponse d'Olaf eût été passionnante mais, bizarrement, c'est à moi que je posai cette question : y a-t-il un avantage à passer pour mort ?

Sûrement. Je songeai d'abord à ces invitations que l'on brûle de refuser : les excuses inventées sonnent toujours faux, et là vous n'avez plus aucun mensonge à faire. Au travail, personne ne peut plus vous reprocher votre absentéisme. Vos collègues, au lieu de raconter sur vous les pires choses, parlent de vous avec émotion et nostalgie, allant jusqu'à vous regretter.

Vous avez désormais un motif idéal pour ne plus payer vos factures. Vos héritiers s'arracheront les cheveux avec l'immonde paperasserie. Mais comme je n'avais pas d'héritier, je n'avais pas de scrupules à cet égard.

Il me parut soudain que la société avait dû s'apercevoir du dangereux plaisir de cette simulation et y parer. La banque en était, comme d'habitude, la parade. Si vous êtes mort, vous n'avez plus accès à votre compte. Votre Carte bleue ne fonctionne plus, plus de retraits ni d'intérêts. Voici qui avait dû en dissuader plusieurs de jouer au cadavre.

Je décidai de ne pas me résigner. N'est-il pas humiliant de constater que pour des sujets aussi cruciaux, c'était encore l'argent qui commandait ?

Mon Suédois avait mille euros dans son portefeuille. J'avais plus sur mon compte bancaire, mais pas au point que la comparaison fût insoutenable. Par ailleurs, ma voiture devait valoir dix fois moins que la sienne.

Et puis, avais-je le choix ? Mon centre de gravité avait déjà quitté Baptiste pour Olaf. Je ne me rappelais même pas ce que je faisais avant. Avec effort, j'aurais pu m'en souvenir. Je ne produirais pas cet effort : si ma précédente activité ne me sautait pas d'emblée à la mémoire, c'était qu'elle n'en valait pas la peine. Ce devait être l'un de ces boulots interchangeables que l'on accepte pour payer le loyer.

Je préférais de loin le métier intraduisible de mon cadavre. Cela éveillait l'imagination. Jamais je n'apprendrais le suédois. Je ne voulais pas découvrir que j'étais comptable ou assureur.

Sur le sol, le Scandinave ne donnait encore

aucun signe de rigidité. Son identité quitterait sans heurt ce corps flasque pour m'envahir.

– Baptiste, lui dis-je. Tu es Baptiste Bordave, je suis Olaf Sildur.

Je me pénétrais de cette légitimité neuve. Olaf Sildur : cela me plaisait plus que Baptiste Bordave. J'y gagnais au change. Sur les autres tableaux, serais-je gagnant ? Cette incertitude m'excitait.

Dans une banale valise, j'entassai quelques vêtements puis je fouillai le mort : rien ne permettait de douter qu'il fût Baptiste Bordave. Rien, sauf une enquête, bien sûr, mais il n'y aurait aucune raison d'enquêter sur ce pauvre type qu'on retrouverait six mois plus tard à l'état de squelette et qu'on supposerait avoir été victime d'une crise cardiaque. Je voyais déjà les titres des journaux : « Drame de la solitude urbaine. Il aura fallu une demi-année pour qu'on s'intéresse au sort de M. Bordave ».

Je devais me décider à partir. Un dernier point me retenait encore : la touche Recomposition de mon téléphone. Je savais que c'était un risque idiot. Je savais aussi que si je n'appuyais pas sur cette touche, je serais tenté de revenir dans cet appartement, comme un assassin. De deux maux, il fallait choisir le moindre.

C'était la dernière fois que j'utilisais le téléphone de Baptiste Bordave. L'ultime humain à y avoir composé un numéro était l'ancien Olaf Sildur. J'enfonçai la touche Recomposition. J'entendis la sonnerie retentir après le temps nécessaire. Mon cœur battait à rompre veines et artères. Et si j'allais mourir moi aussi ? Mourir de la même façon que celui dont j'usurpais l'identité ? Non, il ne fallait pas. Ne serait-ce que par politesse envers les enquêteurs qui n'y comprendraient rien.

Un coup. Deux coups. Trois. J'avais du mal à respirer. Quatre. Cinq. Je commençai à soupçonner – espérer ? – qu'on ne décrocherait pas. Six, sept. Un répondeur allait-il s'enclencher ? Huit. Neuf. Que préférais-je ? Que quelqu'un d'essoufflé réponde ? Dix. Onze. Je devenais inconvenant.

Je raccrochai et soufflai, rassuré et déçu. En quittant définitivement l'appartement, je m'aperçus que ma mémoire avait retenu la musique des dix notes que la touche Recomposition avait provoquée : les dix notes du numéro inconnu. Cela ne me permettrait pas de retrouver le numéro, mais c'était une piste dont je gardais l'empreinte.

Je m'assis au volant de la Jaguar et éteignis le portable de Baptiste Bordave. Il eût été plus prudent de ne pas l'emporter. Mais sait-on jamais ce que l'avenir réserve ? Et puis, ce portable ne servirait à me pister qu'en cas d'enquête et il n'y avait aucune raison de redouter un tel émoi quand ma disparition serait constatée, dans très longtemps, sans aucun doute.

J'allumai le contact et constatai avec satisfaction que la précédente incarnation d'Olaf avait fait le plein. Il me plaisait, ce type. Je commençai à rouler et m'émerveillais déjà de cette fluidité du véhicule quand je freinai à bloc : à cinquante mètres de l'appartement, la cabine téléphonique du quartier. Sans garer la voiture, je courus vérifier qu'elle fonctionnait : aucun problème. Je remontai dans la Jaguar au comble de la perplexité. Pourquoi le mort m'avait-il menti ?

Comme je me dirigeais vers l'ouest, je réfléchis. Le Suédois n'avait peut-être pas remarqué la cabine téléphonique ? Bizarre, elle était bien visible. Ou alors, il ne possédait pas de carte de téléphone. Je profitai d'un feu rouge pour fouiller dans son portefeuille et trouvai une carte encore valable. Cela ne signifiait rien, il avait pu oublier qu'il en possédait une.

Je m'efforçai de chasser de ma tête ce souci idiot. N'était-il pas formidable d'être un homme neuf ? Chaque fois que je pouvais prendre un peu de vitesse, je m'en apercevais mieux. Ce matin, je n'étais qu'un obscur Français sans destin. À la faveur d'un miracle, je me réincarnais brusquement en Scandinave mystérieux, riche, semblait-il, et – je freinai des quatre fers : cette voiture roulait parfaitement. Que m'avait-il raconté ?

Autant l'omission de la cabine téléphonique pouvait être une distraction, autant le coup de la panne relevait du mensonge éhonté. Fallait-il que je sois perturbé pour n'y avoir pas songé plus tôt ?

Je ne connais rien à la mécanique. Est-ce concevable, un véhicule qui tombe en panne et qui, une demi-heure plus tard, roule sans aucun problème ?

Il avait bien employé le mot « panne ». Mon esprit lui chercha des excuses et donc les trouva : le Suédois avait pu exagérer afin de légitimer son intrusion chez moi. Peut-être n'était-il que ce genre de maniaque qui s'angoisse si sa carrosserie chérie produit un bruit bizarre. Il n'aurait pas osé me dire : « Pardonnez-moi, ma voiture fait un drôle de bourdonnement, puis-je me servir de votre téléphone ? » Cela n'eût pas semblé assez grave. La politesse le contraignait à alléguer la panne. Oui, ce devait être cela. Ne suffisait-il pas que ce fût possible ?

Ce qui était clair, c'est que je voulais le croire. Beaucoup de choses – de plus en plus – clochaient dans la réalité et je préférais les ignorer. J'avais besoin de me persuader que la version du mort était vraie, du moins acceptable. Sinon, je devais conclure au complot et je refusais cette paranoïa.

Pour la première fois de ma vie, j'avais l'impression d'être libre. Cette conviction était si forte que les souvenirs de Baptiste Bordave avaient pour ainsi dire disparu, comme l'avait prouvé ma conversation téléphonique avec le caviste. Table rase : quel adulte n'en rêverait ?

Or la liberté ne peut s'embarrasser de suspicion. Celui qui a décidé d'être libre ne peut avoir de ces pensées mesquines, tatillonnes, comptables, pourquoi a-t-il dit ça et non ceci, etc. Je voulais vivre à grandes enjambées, m'exalter d'exister. Rien de tel que d'adopter l'identité d'un inconnu pour connaître l'ivresse du large.

J'ARRIVAI à Versailles. C'était sans aucune réflexion que j'avais choisi cette direction. Où pouvais-je aller d'autre ? Il fallait bien que je découvre ma maison. Si l'on m'avait dit qu'un jour j'habiterais Versailles, je ne l'aurais pas cru. De la part d'un étranger, cette adresse paraissait moins connotée. Un Scandinave pouvait vivre dans cette ville sans présenter le profil versaillais.

J'éclatai d'un rire narquois quand je vis la villa. J'ai horreur des villas. La villa, c'est l'idée que les âmes simples se font du luxe. L'instinct complète « Villa mon rêve ». Toute villa s'appelle ainsi. Une villa n'a pas de fenêtres, mais des baies vitrées. J'en déteste la fonction. La fenêtre sert aux habitants d'une maison à voir l'extérieur, tandis que la baie vitrée sert aux habitants d'une villa à être vus de l'extérieur. La preuve, c'est que la baie vitrée va jusqu'à terre : or les pieds ne regardent pas. Cela permet de montrer aux voisins qu'on porte de belles chaussures, même quand on reste chez soi.

Une villa comporte un jardin, pour autant que l'on puisse appeler jardin ces étendues vert pomme où l'on chercherait en vain un arbre digne de ce nom – « surtout pas de grand arbre, cela mange la lumière », dit la bourgeoise. Oui, car la villa contient d'abord une bourgeoise, vu que personne d'autre ne veut habiter là.

J'exclus d'emblée la possibilité que ce fût mon prédécesseur qui ait choisi d'habiter là. Je n'avais jamais rencontré de Suédois, mais il n'y avait aucune raison de leur supposer un si mauvais goût. Y avait-il une Mme Sildur ? Était-elle suédoise ? En tout cas, elle avait des goûts qui laissaient présager d'exécrables relations entre nous.

Je décidai d'épier les baies vitrées. Ceux qui habitaient là espéraient être observés : aucune haie n'empêchait de voir le mini-golf qui leur servait de jardin. Ils voulaient du voyeur, ils en auraient. Et quel amusement d'espionner sa propre femme – de la découvrir à son insu !

J'avais garé la Jaguar un peu plus loin afin qu'on ignore le retour du mari. Je déambulais, l'air de rien.

Une Suédoise, cela se nomme comment ? Ingrid ? Selma ?

Des heures s'écoulèrent. J'eus le temps d'examiner toutes les hypothèses. Mme Sildur était une vieille rentière, épousée par intérêt. Elle aurait une crise cardiaque quand je lui raconterais le sort d'Olaf et j'hériterais d'une fortune. Mme Sildur s'appelait Latifa, c'était une jeune Marocaine dont la beauté m'envoûterait. Mme Sildur était paraplégique et circulait en fauteuil roulant. Il n'y avait pas de Mme Sildur, mais un M. Sildur qui se nommait Bjorn. Il me semblait impossible qu'un homme choisisse cette villa : c'était peut-être que je ne connaissais pas Bjorn.

Ce recensement me passionnait au point de donner à ma patience une dimension fabuleuse. Vers dix-neuf heures, je n'avais toujours vu personne mais je devais aller aux toilettes. Dans ma poche, les clefs provoquaient ma main. N'y tenant plus, je poussai la barrière, marchai jusqu'au perron, insérai plusieurs clefs, trouvai la bonne. La porte s'ouvrit. J'entrai sans respirer et débouchai dans un vestibule de marbre blanc.

Sur la pointe des pieds, j'explorai quelques pièces et repérai les commodités. Le bruit de la chasse d'eau fut moins discret que prévu : on devait maintenant être au courant de ma présence. Pourtant personne ne vint à ma rencontre. Il semblait que je fusse seul.

La villa correspondait aux poncifs du genre que j'avais appréhendés. Les poignées des portes étaient dorées. Dans le salon, sol et table étaient de marbre blanc. Pourtant, l'intérieur inspirait une certaine sympathie par un sens du confort décadent. On s'enlisait dans les canapés et les fauteuils au point de ne jamais vouloir s'en relever.

À l'étage, plusieurs grandes chambres. Je ne tardai pas à repérer des traces féminines : une salle de bains avec des cosmétiques, quinze shampooings différents. Des robes éparpillées. L'hypothèse de Bjorn tombait à l'eau. Des jupes étroites et courtes : cela sentait la jeunesse et la minceur. Je n'avais pas épousé un vieux tonneau.

Personne : je m'étais marié à la fille de l'air, à l'Arlésienne. Dans ma poche gauche, j'avais emporté les préservatifs de mon prédécesseur : nous devions être un couple très libre. Je ne connaissais pas encore ma femme et elle me trompait déjà. Moi aussi, semblait-il.

J'avais faim. Je redescendis. Rien n'est plus agréable que de manger dans la cuisine d'un autre. Dans le frigo américain, il y avait de quoi nourrir la Suède : du saumon fumé, de la crème aigre, mais aussi des aliments ordinaires. Je pris des œufs, du fromage et me préparai une omelette.

Dans un coin, du pain : je le tâtai, il était du matin. J'en mis quelques tranches à griller, non sans frémir à l'idée que mon prédécesseur en avait sans doute mangé à son dernier petit-déjeuner.

Tandis que je dévorais, j'entendis s'ouvrir la porte d'entrée. Je ne songeai pas même à fuir. Cela devait sentir le toast et l'œuf frit, à quoi bon se cacher ? Et puis, il fallait que je m'habitue à cette légitimité invraisemblable : j'étais chez moi. Fataliste, j'enfonçai du pain dans ma bouche et fis semblant d'être à l'aise.

L'odeur de la nourriture attira dans la cuisine celle que je supposai mon épouse. Elle ne parut pas étonnée de me voir. J'étais mille fois plus surpris qu'elle.

– Bonsoir, me dit-elle avec un sourire charmant.

– Bonsoir, répondis-je, la bouche pleine.

– Olaf n'est pas avec vous ?

Je n'eus pas le réflexe de dire que c'était moi.

– Non, fis-je en haussant les épaules.

Cette version lui sembla normale. Elle sortit de la cuisine et monta à l'étage.

Décontenancé, j'achevai mon assiette. Je n'avais jamais entendu parler de l'hospitalité suédoise, mais j'étais épaté : cette jeune personne trouvait dans sa cuisine un inconnu en train de bâfrer ses provisions et elle ne s'en offusquait pas. Elle avait même l'air de penser qu'il n'y avait rien de plus naturel. Ce qui me sidéra au superlatif, c'est qu'elle n'avait pas exigé de savoir qui j'étais. Moi, à sa place, je me serais jeté dehors.

La villa m'avait préparé à rencontrer quelqu'un d'autre. Cette jeune femme, qui pouvait avoir vingt-cinq ans, n'avait aucune des caractéristiques de la population que l'on croise dans ce genre d'habitation : elle s'était montrée accueillante, elle ne m'avait pas sondé pour vérifier mon degré de fréquentabilité, elle ne s'était pas méfiée. Je mis ces vertus sur le compte de sa nationalité et m'en voulus l'instant d'après : je me conduisais de manière commune, prêtant à la première Suédoise rencontrée des caractéristiques que je me hâtais de décréter typiquement suédoises, comme si une hirondelle faisait le printemps, comme si la personnalité de l'inconnue n'y était pour rien. Il devait sûrement y avoir, en Suède comme partout ailleurs, des bourgeois méfiants et fermés. Des films de Bergman me revinrent en mémoire, avec de sévères épouses collet monté.

Mon prédécesseur avait bon goût. Elle avait le physique de la Scandinave rêvée, grande, svelte, blonde aux yeux bleus, des traits assortis à la finesse générale. Le mieux, c'est qu'à son insu elle était ma femme. Je souris en terminant mon assiette. Quelle situation délicieuse. Je ne savais pas son prénom.

J'allai fumer une cigarette dans le salon. La jolie fille me rejoignit.

– Vous logez ici, bien sûr ?

– Je ne voudrais pas vous déranger, balbutiai-je, sincèrement intimidé.

– Vous ne me dérangez pas. Olaf vous a-t-il montré votre chambre ?

– Non.

– Suivez-moi, je vous y mène.

Je vis avec consternation qu'elle portait mon bagage et courus l'en délester. À l'étage, elle m'indiqua une chambre spacieuse avec tous les accessoires du confort de magazine de décoration.

– Je vous laisse vous installer, dit-elle en redescendant l'escalier.

Je voulus la prier de rester avec moi. Je n'osai pas.

Mes appartements débouchaient sur une salle de bains rien que pour moi. Je me douchai longuement avec des produits que je supposai suédois. Et s'il y avait un sauna dans cette demeure ? Non, c'était finlandais. À présent que j'étais l'heureux époux d'une Scandinave, il ne fallait plus que je commette ces erreurs de débutant. Un peignoir en éponge m'attendait. J'hésitai à déambuler dans cette tenue puis je songeai que cela me fournirait un sujet de conversation et un test de familiarité.

Trouvant l'hôtesse dans la cuisine, je lui demandai si elle m'autorisait cette décontraction ou préférait que je passe costume et cravate. Elle parut surprise.

– Mais non, vous êtes très bien ainsi. Olaf vous a-t-il précisé quand il rentrerait ?

Je répondis par la négative, ce qui ne sembla pas l'étonner.

– J'ai mis du champagne au frais. Vous en voulez ?

J'ouvris des yeux ronds.

– En quel honneur ?

– J'ai envie. Vous aimez ?

– Oui.

Elle déboucha un veuve-clicquot. Je fus troublé à l'idée du point commun que, sans le savoir, elle partageait avec cette dame.

– J'aime terriblement le champagne et je déteste boire seule. Vous me rendez service.

– Je suis votre serviteur.

Le vin était si glacial qu'il rendait les yeux humides. C'est ainsi que je l'ai toujours préféré.

– Comment vous appelez-vous ?

– Olaf, dis-je sans hésiter, un peu encouragé par la griserie des bulles.

– Comme mon mari, remarqua-t-elle.

Ils étaient donc bel et bien mariés. Elle était donc bel et bien veuve. Sauf si elle m'admettait pour époux. Comment le lui expliquer ?

Elle remplit ma flûte. Je me rendis compte

que j'avais loupé le coche, il fallait lui demander son prénom quand elle m'avait demandé le mien. À présent, ce ne serait plus naturel.

– Le champagne est le meilleur repas, dit-elle.

– Vous voulez dire la meilleure boisson pour accompagner un repas ? repris-je, très Français voulant enseigner les subtilités de sa langue.

– Non. Vous voyez, je ne dîne pas. Le champagne, c'est boire et manger.

– Attention à l'ivresse.

– Je la recherche. L'ivresse du champagne est un trésor.

Elle parlait sans aucun accent. J'étais épaté. Paradoxalement, cela soulignait son origine étrangère. Sa prononciation trop parfaite n'était pas d'une Française de souche.

– Pardonnez-moi de ne pas m'adresser à vous en suédois, commença-t-elle.

– Vous avez raison, interrompis-je. Il ne faut pas perdre une occasion de parler la langue du pays où l'on vit.

J'espérais m'être ainsi tiré d'affaire. J'avais présenté ça comme un argument d'autorité : je n'en étais pas fier, mais je ne visais qu'à l'efficacité. Surprise, elle ne discuta pas. J'en conclus que j'avais commis un impair.

– Je vais vous laisser, vous devez être fatiguée.

– Non. Il faut finir cette bouteille avec moi. Vous ne voudriez pas que je l'achève seule. Parlez-moi de vous, Olaf.

C'était la première fois qu'on – qu'elle – m'appelait ainsi. Mon trouble prit racine dans mes rotules, remonta jusqu'aux cheveux et effectua ce trajet plusieurs fois. C'est dans la bouche des autres que certains mots prennent leur sens le plus fort. Surtout les prénoms. Ravi et confus, je ne trouvai rien à dire.

– Pardonnez mon indiscrétion, s'excusa-t-elle. Ce n'est pas mon habitude. C'est le champagne.

Elle vida la bouteille dans nos deux flûtes et porta un toast :

– À notre rencontre !

– À notre rencontre.

Elle but d'un trait. Quand elle eut fini sa flûte, je crus que ses yeux avaient doublé de volume.

– Le champagne est si froid que les bulles ont durci, dit-elle. On a l'impression de boire de la poussière de diamants.

LA nuit venue, l'angoisse me rattrapa.

Cette situation ne pouvait pas être naturelle. Je récapitulai : la veille, j'étais allé à un dîner où un invité m'avait indiqué la marche à suivre au cas où quelqu'un aurait l'idée saugrenue de venir mourir chez moi. Le matin même, un inconnu venait y mourir. Certes, mon immeuble comportait un interphone, ce qui à Paris n'est pas si fréquent ; il n'empêche qu'Olaf eût pu sonner à un autre étage. Il avait sonné chez moi, comme s'il m'avait choisi. Avant de trépasser deux minutes plus tard, il avait eu le temps de mentir à deux reprises : au sujet de la cabine téléphonique et au sujet de sa voiture.

Y avait-il un rapport entre cette soirée et l'événement de ce matin ? Je n'avais pas suivi les conseils que m'avait prodigués cet individu. Il n'empêche que, sans lui, j'aurais appelé les secours aussitôt, sans l'ombre d'une hésitation. Les paroles de ce mondain m'avaient freiné, m'avaient donné à réfléchir et c'était pendant ces minutes d'intime conciliabule que l'idée folle d'un échange d'identité m'était entrée dans la tête.

Et si l'on avait comploté pour que je conçoive ce projet ? L'appel téléphonique du caviste faisait-il partie de la mise en scène ? Ce n'était pas impossible : il m'avait rendu tellement étranger à ce Baptiste Bordave en me décrivant des comportements dont je ne me souvenais pas. Il avait même évoqué le vin de Meursault. De la part d'un vendeur de vins de Bourgogne, ce n'était pas invraisemblable. Pourtant, n'y avait-il pas de quoi frémir qu'il ait choisi le nom du personnage de *L'Étranger* ? N'avais-je pas fait bon marché de Baptiste Bordave ? Pourquoi était-ce lui, l'élu de ce mystère ?

Je me retournais dans le lit. Je butais sur un argument de taille : à la base de cette histoire il y avait un cadavre. Olaf Sildur n'avait pas simulé sa propre mort. Il fallait être totalement paranoïaque pour s'imaginer qu'on avait sacrifié la vie d'un homme pour le plaisir de me mener en bateau.

Par ailleurs, quelle preuve avais-je de sa mort ? Je n'étais pas médecin. J'avais tâté son pouls, écouté son cœur : de nos jours, il existait sûrement des drogues ou des dispositifs qui permettaient de dissimuler les pulsations pendant une durée quelconque. Je n'en savais rien, mais cela me paraissait probable. Si Baptiste Bordave avait été docteur, on ne l'aurait pas berné si facilement. Je brûlais de retourner à l'appartement pour le vérifier : mille contre un que le macchabée n'y était plus.

Mais je ne pouvais plus revenir à mon ancienne adresse : j'étais censé être mort. Pourquoi était-ce irréversible ? Parce que j'avais envie de ne plus être Baptiste Bordave. Plus grave : je désirais être Olaf Sildur.

On avait envoyé à quelqu'un qui n'avait aucune attache, pas même avec lui-même, un homme de taille, d'âge et de couleur de cheveux semblables. Le poids et la nationalité différaient, mais ce sont des caractéristiques plus aisément modifiables que l'âge et la taille. Surtout, on lui avait envoyé un individu dont le sort était plus enviable que le sien : riche, doté d'une Jaguar et d'une villa à Versailles.

Last but not least, marié à une créature de rêve. Qui ne voudrait être l'époux d'une telle femme ? Je me demandais si elle était au courant du complot. Ne s'était-elle pas montrée charmante, accueillante, discrète à mon égard ? Sans parler de cette exquise façon de m'inviter à boire un champagne dont le nom tombait bien à propos.

Cette dernière hypothèse me déplut. Si j'acceptais sans peine que toute cette histoire fût une mise en scène, je ne pouvais tolérer que la fille fût de mèche. Cela ne collait pas avec ce que je savais d'elle.

« Ce que tu sais d'elle ? Que sais-tu d'elle ? »

Je savais des robes éparpillées, des yeux, une silhouette, une voix, une propension à dîner de champagne et non au champagne. Et si elle jouait la comédie ? Elle avait un physique de comédienne – non, c'était ridicule, cela n'existait pas, un physique de comédienne, comment a-t-on pu inventer des expressions si creuses ? Du reste, quelle comédie m'avait-elle jouée ? Elle ne m'avait rien dit sur elle, si ce n'est, en passant, qu'elle était l'épouse d'Olaf, ce dont je me doutais.

Mon ancien prénom m'autorisa à la baptiser Sigrid. Cela me plaisait. Je m'endormis sur cette pensée. Dans la chambre d'à côté sommeillait la veuve d'Olaf, Sigrid Sildur, qui ignorait son veuvage et la résurrection de son mari.

JE m'éveillai à onze heures du matin. Avais-je jamais dormi si tard ? La nouvelle incarnation devait y être pour beaucoup. Existe-t-il vacances plus profondes que de prendre congé de soi-même ? On dort mieux en vacances, c'est connu.

Une odeur de café flottait dans la villa. J'entendis Sigrid marcher sur la pointe des pieds : ma femme avait pour moi des égards exquis. J'aurais aimé qu'elle m'apporte le petit-déjeuner au lit, mais c'eût été beaucoup demander à une épouse rencontrée la veille.

Quand on ne peut pas avoir le petit-déjeuner au lit, on emporte le lit au petit-déjeuner : je m'enveloppai dans ce peignoir aussi confortable qu'une couette matelassée et descendis.

– Bonjour, Olaf ! dit-elle avec un sourire délicieux.

– Bonjour, répondis-je en retenant le Sigrid qui me montait aux lèvres.

– Voulez-vous du café ?

– Oui, merci. Peut-être est-il un peu tard pour un petit-déjeuner.

– Non. L'heure n'existe pas ici.

Elle me servit un bol de café et des croissants puis s'éloigna. Pourquoi partait-elle ? Je mangeai avec un mélange de gourmandise et de dépit.

Cinq minutes plus tard, elle revint.

– Désirez-vous autre chose ?

J'aurais voulu répondre : « Oui, que vous me teniez compagnie. » Impensable.

– Non, merci, tout est parfait.

– Le dimanche, je reste ici. C'est le seul jour de la semaine où vous aurez à subir ma présence.

– Votre présence est très agréable.

Elle sourit de ce qu'elle prit pour une politesse et passa dans la pièce d'à côté.

Ma perplexité s'accrut. Elle me parlait comme s'il était prévu que je séjourne ici longtemps. Je ne demandais pas mieux, mais il était clair qu'il y avait erreur sur la personne. Qui étais-je censé être ?

En plus, elle s'excusait d'être chez elle. Cela me gênait. C'était moi qui devais la déranger, non le contraire. L'hospitalité poussée à ce point ne cessait de m'étonner.

Ou alors je me fourvoyais. Olaf faisait partie d'un gang, et avait annoncé à Sigrid que le chef du gang logerait chez eux pendant une durée indéterminée.

Dans la bibliothèque du salon, je trouvai un roman traduit du suédois, *Miel de bourdon* de Torgny Lindgren. Jamais entendu parler. Je me vautrai sur le canapé et commençai à lire. C'était l'histoire d'une conférencière qui, suite à un malentendu mystérieux, devenait l'otage de deux frères fous, dans le Grand Nord. C'était excellent et je ne pus m'arrêter. Sigrid traversait parfois le living-room à pas feutrés afin de ne pas me déranger.

Quand j'eus fini le livre, je m'endormis sans m'en apercevoir. Ce canapé était un piège de confort et, comme j'étais vêtu de mon lit, tout m'encourageait au sommeil. Dormir n'importe quand est encore meilleur que manger entre les repas. Je gardai les yeux longuement clos lorsque je m'éveillai, savourant dans mon corps cet excès de repos. Derrière mes paupières fermées, je devinais qu'il faisait nuit. Peu à peu je me rendis compte que quelqu'un respirait près de moi.

J'ouvris les yeux et vis Sigrid qui, assise en face de moi, me regardait dans l'obscurité. Je sursautai.

– Vous aviez du sommeil à rattraper, remarqua-t-elle.

Oui. Du temps où je m'appelais Baptiste Bordave, l'insomnie me poursuivait.

– Vous étiez là depuis longtemps ? demandai-je.

– Non. Je sais, c'est impoli.

J'aurais voulu lui dire combien j'étais heureux qu'elle m'ait observé.

– C'est moi qui suis grossier de m'endormir dans votre salon. Je vous envahis.

– Vous êtes ici chez vous.

Formule de convenance ? Ou confirmation qu'elle me prenait pour le chef du gang d'Olaf ?

– J'ai aimé ce livre, dis-je en montrant *Miel de bourdon*.

– Il est fascinant. Préférez-vous le sucré ou le salé ? demanda-t-elle, prouvant ainsi qu'elle l'avait lu.

– Ça dépend.

Je n'étais pas très fier de ma réponse.

– Par exemple, là, maintenant, que voudriez-vous manger ?

J'avais la bouche sèche, impossible à analyser. Elle dut sentir que ma langue cherchait des informations sur mon palais car elle dit :

– Votre bouche est sèche. Vous avez plus soif que faim.

– En effet.

– Surtout pas d'eau : il vous faut une boisson qui ait du goût. Ni un goût qui heurte, comme du café, ni un goût qui lasse, comme du jus de fruits. Un whisky vous achèverait, car vous venez de vous réveiller.

– Diagnostic imparable.

– Il existe une solution parfaite : un breuvage qui vous désaltérera et vous apportera de la joie et du tonus, qui répondra à l'appel de votre palais et vous exaltera, qui allégera votre vie, tout en vous en rendant le goût.

– Quel est ce nectar ?

– Du champagne frappé.

J'éclatai de rire.

– Dites plutôt que c'est vous qui en mourez d'envie.

– C'est vrai. Mais j'aime que mes désirs s'accordent à ceux de mon hôte.

Bigre, me faisait-elle des avances ? La prudence s'imposait.

– Vous avez beaucoup de champagne en réserve ?

– Vous n'avez pas idée. Vous voulez voir ?

Elle me tendit la main pour m'inviter à vérifier l'immensité de son stock de champagne. Cette situation était trop belle pour être vraie. Je mis ma main dans la sienne, qui se révéla douce à périr.

Elle me conduisit au sous-sol, constitué de plusieurs pièces spacieuses et remplies de caisses au contenu mystérieux. Il flottait cette odeur que j'aime entre toutes, composée d'un mélange de moisissures délicates, de poussière ancienne, d'obscurité et de secret : une odeur de cave. J'en aurais pleuré.

– Ce n'est pas ce qui nous intéresse, dit Sigrid, mais voici la chambre froide.

Il y avait des provisions incroyables de jambons, de fromages, de légumes, de crèmes, de sauces – de quoi manger pendant plusieurs mois.

– Va-t-il y avoir une guerre ? demandai-je.

– Vous en savez plus que moi là-dessus. Le cellier est par là, et maintenant voici le bonheur.

Elle ouvrit une porte. Je vis une piscine de trente centimètres environ de profondeur, vaste, emplie d'une eau encombrée de glaçons, d'où dépassaient des goulots de bouteilles de champagne à n'en plus finir. On eût cru une inondation datant de l'ère glaciaire, et ayant envahi la tombe de cet empereur chinois qui s'était fait enterrer avec des milliers de statuettes guerrières à l'effigie de son armée.

– Je rêve, murmurai-je.

– Ainsi, à n'importe quel moment de la journée ou de la nuit, il y a du champagne à la température idéale.

– Combien de bouteilles y a-t-il ?

– Je n'en sais rien. Une machine s'occupe de maintenir un courant et de régénérer l'eau en glaçons. Il ne faut pas que les bouteilles soient trop serrées, afin que les morceaux de glace puissent circuler.

– Rien que du veuve-clicquot ?

– C'est mon préféré, mais il y a aussi du dom-pérignon, le préféré d'Olaf. Dans les millésimes, nous avons du roederer et du krug.

– Comment procédez-vous pour les repérer ?

Malicieuse, elle me mena devant un tableau de bord, couvert de boutons et d'étiquettes répertoriant champagnes et années.

– Quand vous pressez le bouton du champagne de votre choix, les bouteilles s'illuminent. Par exemple, roederer 1982.

Elle enfonça la touche. Plusieurs bouteilles apparurent, nimbées d'une lumière vert jade.

– Si vous poussez toutes les touches à la fois…

La piscine devint encore plus féerique, laissant percevoir une surpopulation orangée de veuve-clicquot, l'éclat bleu pâle du dom-pérignon, les îlots violets du krug.

– Un système de ventouses maintient chaque bouteille debout, à distance des autres. La piscine est longue et étroite, un couloir l'entoure pour faciliter l'accès à chaque cru. Lequel voulez-vous ?

– En l'honneur d'Olaf, j'aimerais bien un dom-pérignon.

Je n'osai pas préciser que je n'en avais jamais bu. De telles choses ne devaient pas être inconnues d'un personnage aussi important que moi. Par ailleurs, je voulais découvrir le champagne préféré de mon prédécesseur.

Elle en saisit une bouteille, la plaça dans un seau qu'elle avait rempli dans la piscine. La densité de glaçons m'épata.

Sigrid ouvrit un réfrigérateur plein de flûtes

étincelantes de givre, en saisit deux et remonta au salon, non sans insister sur l'importance de la température du verre. Je la suivis, émerveillé et docile, quittant à regret cette caverne d'Ali Baba.

– Voulez-vous ouvrir la bouteille ? proposa-t-elle.

Je m'acquittai de cette tâche, amortissant de ma main l'explosion du bouchon pour obtenir le bruit d'une balle tirée avec silencieux, prenant très au sérieux le personnage qu'elle croyait que j'étais.

– À la santé d'Olaf ? proposa Sigrid.

– Lequel ?

– Je n'en connais que deux : vous et lui. Portons un toast à l'absent.

Je lui devais bien ça. Je bus ma première gorgée de dom-pérignon : il me parut encore plus vif et subtil que la veuve, mais c'était peut-être parce que j'avais passé une journée autrement agréable que la veille. Je m'appliquai à cacher mon émoi, en homme du monde habitué à ce genre de plaisir.

– C'est la première fois que je bois du champagne juste au sortir de la sieste, dis-je.

– C'est comment ?

– Parfait. Vous aviez raison, c'était ce qu'il me fallait.

– Hier soir, vous aviez dîné. Ce soir, vous êtes à jeun. Vous ne trouvez pas que cela rehausse le goût du champagne ?

– Peut-être. Vous arrive-t-il de manger ?

– Pas souvent.

– Vous êtes mannequin ?

– Non. Je ne travaille pas. J'ai une vie oisive et luxueuse.

Elle sourit et reremplit les flûtes.

– Depuis combien de temps connaissez-vous Olaf ? demandai-je.

– Il m'a rencontrée il y a cinq ans.

– « Il m'a rencontrée », vous dites ça comme si vous n'y étiez pas.

– C'est un peu ça. Mon frère dealait. Pour savoir s'il vendait de la bonne, il testait la marchandise sur moi. J'étais sa goûteuse d'héroïne. Je ne pouvais pas me contenter de goûter. Quand Olaf m'a ramassée, j'étais inconsciente, en overdose complète. Je me suis réveillée ici.

– Je ne savais pas qu'Olaf flirtait avec ce milieu, hasardai-je.

– Précisément non. La condition pour que je reste ici, c'était de ne plus jamais toucher à la drogue. Olaf en a horreur. La désintoxication a été dure. J'ai tenu parce que je voulais rester ici.

– Vous aimez cette villa ?

– Qui ne l'aimerait pas ?

Je n'osai pas dire que je la trouvais atroce.

– C'est un endroit confortable, répondis-je.

– C'était le salut, pour moi. Mon frère ne pouvait pas savoir où j'étais, c'est si loin de chez lui. Nous vivions, lui et moi, du côté de Bobigny, il a perdu ma trace.

– Vous êtes française ?

– Vous l'ignoriez ?

Elle rit.

– Vous pensez que j'ai le type suédois ? demanda-t-elle.

C'était ce que j'avais pensé, mais je jouai au type blasé :

– Ça ne veut rien dire. Olaf n'a pas le type suédois.

– Ni vous, ajouta-t-elle. Olaf m'a appris à bien parler. Comme vous le savez, il parle le français avec beaucoup de distinction. Je n'ai plus rien à voir avec celle que j'étais avant qu'il me rencontre.

Et moi donc. Décidément, rencontrer Olaf transfigurait beaucoup de monde.

– C'est quelqu'un, dis-je.

– Oh oui. Je l'aime beaucoup. Évidemment, je ne l'aime pas comme une femme aime son mari.

Évidemment ? Qu'y avait-il d'évident là-dedans ?

– Je l'aime mieux que ça, conclut-elle.

Je n'y comprenais toujours rien.

– Mais je vous lasse à tant parler de moi, dit-elle.

– Au contraire.

– À votre tour de me raconter votre rencontre avec Olaf.

J'étais embêté.

La providence arriva sous l'apparence d'un chat. Un chat gros et lent qui avança avec une majesté boudeuse jusqu'à la maîtresse de maison.

– C'est Biscuit, expliqua-t-elle. Il vient réclamer son repas.

Il avait l'air impérieux, offusqué de devoir rappeler son devoir à sa domestique.

Elle alla dans la cuisine ouvrir une boîte de pâtée pour chats de luxe qu'elle versa dans une assiette creuse. Elle la posa par terre. Nous finîmes la bouteille de champagne en regardant Biscuit dévorer calmement sa pitance.

– C'est moi qui ai recueilli Biscuit il y a deux ans, comme Olaf m'avait recueillie. C'était un chaton maigre et effaré.

– Il a changé.

– Vous voulez dire qu'il a grossi ?

– Oui. Et il n'a plus du tout l'air effaré.

Elle rit.

J'avais faim. J'aurais voulu pouvoir réclamer à manger comme Biscuit. Les humains étant contraints à l'hypocrisie, je lui demandai si elle n'avait pas faim. Elle dut ne pas entendre ma question car elle dit :

– Vous savez, sans Olaf je serais morte, à présent. Et ça n'aurait même pas été grave, vu ce qu'était ma vie d'alors. Olaf ne s'est pas contenté de me sauver, il m'a enseigné ce qui vaut la peine dans l'existence.

Elle commençait à m'énerver avec son saint Olaf. J'avais envie de lui dire qu'il était mort et que c'était moi qu'il fallait songer à nourrir. Je me contentai d'une vacherie :

– Vous voulez dire qu'il vous a appris à remplacer l'héroïne par l'alcool ?

Elle éclata de rire.

– S'il ne m'avait appris que ça, ce serait déjà formidable. Il m'a appris bien plus.

Je ne voulus pas lui demander ce qu'Olaf lui avait enseigné. Je déclarai platement que j'avais faim. Elle sembla se réveiller :

– Pardon, je manque à tous mes devoirs.

En effet.

– Que désirez-vous manger ?

– Je ne sais pas. Comme vous.

– Je n'ai jamais envie de manger.

– Ce soir, vous ferez une exception. Vous dites que vous n'aimez pas boire seule, moi je n'aime pas manger seul.

Mes manières la stupéfièrent mais j'étais un homme assez important pour qu'elle m'obéisse. Elle ouvrit le réfrigérateur et, alors qu'il regorgeait de provisions, elle en regarda le contenu d'un air désemparé. On eût cru une coquette détaillant sa garde-robe bien pourvue et prête à conclure qu'elle n'a rien à se mettre.

Je résolus de l'aider :

– Tenez, il y a des escalopes, des pâtes fraîches, des champignons, de la crème. C'est moi qui cuisine, d'accord ?

Elle parut soulagée.

– Puis-je vous aider ? demanda-t-elle.

– Vous lavez les champignons et vous les coupez en lamelles.

Je pelai de l'ail, l'atomisai et le fis revenir avec la viande dans du beurre. Les champignons émincés fondirent dans une autre poêle. Je réunis le tout dans une casserole avec un pot entier de crème épaisse.

Sigrid me regardait avec inquiétude.

– Olaf ne procède pas de cette façon ? lui demandais-je.

– Je ne sais pas. Je ne l'ai jamais vu cuisiner.

Qu'est-ce que c'était que ce couple ? Et pourquoi continuais-je à l'appeler Sigrid ? Elle portait sûrement un prénom français. Lequel ? Je ne pouvais pas l'imaginer.

– Auriez-vous un bon vin rouge pour accompagner ce repas ?

– Il doit y en avoir au cellier, mais je n'y connais rien.

J'avisai une bouteille de vin rouge dans un coin de la cuisine.

– Et ça ?

– Ah oui. Olaf avait dû la préparer.

Elle s'approcha pour lire l'étiquette.

– Clos-vougeot 2003. C'est bien ?

– Remarquable, ouvrez-la.

Je n'en revenais pas de la manière cavalière dont je lui parlais.

– Nous dînons dans la cuisine ou dans la salle à manger ?

Il n'y avait pas de baie vitrée dans la cuisine, cela m'incita à choisir cette pièce. Celle qui ne se nommait sûrement pas Sigrid mit le couvert. Je fis cuire les pâtes fraîches et servis.

– C'est délicieux, dit-elle poliment.

– C'est correct. J'en ai préparé beaucoup pour qu'il en reste demain. C'est un plat qui gagne à attendre.

J'espérais la consterner à la perspective d'en manger à nouveau le lendemain. Elle usa de ce prétexte pour grignoter à peine. « Vous m'avez assuré que ce serait meilleur demain. »

Les femmes qui ne touchent guère à leur assiette m'énervent. Je fus tenté de le lui dire mais me ravisai : je n'avais pas à être si désagréable avec une personne qui me recevait si gentiment et qui m'offrait du clos-vougeot 2003.

– C'est un grand vin, vous savez.

– Certainement, répondit la non-Sigrid en en buvant une gorgée. Mon palais n'est pas assez fin pour s'en rendre compte.

– Vous ne l'aimez pas ?

– Pas autant que je le voudrais.

– Je vois. Vous êtes une extrémiste du champagne.

– Voilà.

Je n'osais toujours pas lui demander son prénom. J'avais tellement envie de le savoir que mon excès de curiosité aurait rendu ma question très intime. Ensuite, je songeai qu'il y avait de nombreux points sur lesquels je brûlais de l'interroger et qui, eux, m'étaient réellement interdits : qui était Olaf, qui étais-je censé être, quelles étaient nos activités communes ? Par comparaison, le domaine onomastique m'apparut sans danger. Peut-être même était-il grossier de ne pas le lui demander.

– Comment vous appelez-vous ?

Elle sourit.

– Comme vous voulez.

– Comment ça ?

– Comment voudriez-vous que je m'appelle ?

– Je ne veux rien. Dites-moi votre vrai prénom.

– Je n'en ai pas. Celui de ma carte d'identité n'a jamais servi. Ma mère était amnésique et me donnait chaque fois un prénom différent. Mon père et mon frère ne m'appelaient pas. À l'école, on m'appelait par mon nom de famille, dont j'ai changé, heureusement.

– Pourquoi heureusement ?

– Parce que mon patronyme était Baptiste, un prénom d'homme. C'est bizarre d'être appelée Baptiste à tout bout de champ.

Je frémis. Il y eut un silence.

– Par ailleurs, repris-je, c'est un nom qui vous donne le droit de baptiser. Vous pourriez donc choisir un prénom. Quand vous vous parlez à vous-même, comment vous nommez-vous ?

– Je ne me nomme pas. Vous vous nommez, vous ?

– Bien sûr. Je m'engueule : « Baptiste, tu n'es qu'un crétin. »

Elle éclata de rire.

– Vous vous êtes appelé Baptiste ! Je vous embrouille avec mes histoires…

Je retombai sur mes pattes comme je pus :

– Olaf vous appelle comment ?

– Il me donne un prénom suédois.

– Vous en êtes contente ?

Elle haussa les épaules.

– J'ai l'habitude. À part Baptiste, j'aime tous les prénoms qu'on me donne.

– Même Gertrude ?

– J'aime bien Gertrude.

– Je préfère encore Baptiste.

– Je n'aime pas ma famille, je ne peux pas aimer ce nom. Et puis, vous savez, j'aime l'idée de porter le prénom que chacun veut m'attribuer.

– C'est l'équivalent du travail intérimaire.

– Voilà.

– Quel est le prénom qu'Olaf vous a choisi ?

– Je ne vous le dirai pas. Je ne veux pas influencer votre imagination.

Je fis mine de réfléchir en la regardant avec attention, comme on contemple un nuancier chez un marchand de peintures. Elle semblait jubiler d'être ainsi observée. Je la comprenais : elle voulait vivre ad libitum ce moment fort que chacun ne vit qu'une fois et presque toujours sans en être conscient – recevoir un nom.

En vérité, j'avais déjà décidé. Ce qui me frappait, c'était que par instinct, avant même d'être au courant de cette absence de prénom, je l'avais baptisée. À croire que j'avais ressenti son besoin que je comblais de ce prénom qui m'était déjà si familier.

– Sigrid.

– Sigrid, répéta-t-elle avec émerveillement. C'est joli.

– Est-ce le nom qu'Olaf avait trouvé ?

– Non.

– Qu'avait-il choisi ?

– Cela ne vous regarde pas.

– Vous gardez secrets les prénoms que chacun vous donne ?

– Quand mon lien avec la personne est intime, oui. Olaf est mon mari.

– Et dans les liens sans intimité, quel est le prénom le plus fou que vous ayez reçu ?

– Pourquoi cette question vous passionne-t-elle à ce point ?

– Je ne sais pas, répondis-je, sachant pourtant que c'était dû à mon propre prénom.

Elle réfléchit et finit par dire :

– Sigrid.

– Vous trouvez que notre lien n'est pas intime ?

Elle rit.

– En tout cas, je suis heureuse que vous ayez choisi un prénom suédois. De votre part, c'est très délicat. C'est comme si vous m'admettiez dans votre monde.

« Ma chère Sigrid, c'est toi qui m'admets dans ton monde », pensai-je.

Quand elle prit congé, je trouvai très frustrant de ne pouvoir l'accompagner dans ses appartements. « Ces couples qui font chambre à part, c'est insupportable », me dis-je. Mais Sigrid ne savait pas que j'étais désormais son époux, il ne fallait rien brusquer.

Je me couchai, charmé de ma journée. Qu'avais-je fait ? J'avais lu un excellent roman, j'avais dormi, j'avais bu du dom-pérignon et du clos-vougeot, j'avais mangé en délicieuse compagnie. On ne pouvait rêver meilleure occupation de son temps. Surtout, j'avais appris à mieux connaître ma femme. J'avais cru épouser la Suédoise idéale, je me retrouvais marié avec une ex-junkie de Bobigny que j'avais baptisée Sigrid et qui ne m'en plaisait que davantage.

Pourtant qu'elle ait eu Baptiste pour patronyme m'apparut une coïncidence un peu forcée. Je retombais dans l'hypothèse du complot. Un hasard ? À côté de l'interphone, à mon étage, il était écrit Baptiste Bordave. Se pouvait-il que feu Olaf ait choisi de sonner là pour ce seul motif que mon prénom lui était familier ? Si c'était le cas, je n'avais pas lieu de m'inquiéter.

Malgré la longue sieste, je sentis le sommeil m'emporter. Il n'existe pas d'appel plus irrésistible, d'autant qu'il n'y avait aucune raison de ne pas se laisser sombrer. Je m'endormis paisiblement.

QUATRE heures plus tard, une mélodie de dix notes hurlait dans ma tête, sortie de Dieu sait quel recoin de ma mémoire. Effaré, assis sur le lit, je reconnus le numéro de téléphone qu'avait composé Olaf avant de trépasser.

Et si c'était le numéro de la villa ? Il y avait un appareil près du lit, mais le numéro n'y était pas indiqué. Je n'allais pas faire des recherches au milieu de la nuit. Mieux valait me rendormir sans oublier ce numéro. Je pouvais me fier au souvenir : ne m'avait-il pas éveillé à quatre heures du matin ? Hélas, je savais par expérience l'absurdité de la mémoire qui fournit les informations quand elles ne servent à rien et se tait lorsque le renseignement est indispensable. Je ne connaissais pas l'écriture musicale. Si seulement j'avais pu noter cette mélodie !

J'allumai la lumière, pris un papier et un

crayon. J'inscrivis dix points en fonction de la hauteur du son et les reliai comme une constellation. Le moins qu'on pût dire était que ce système de notation était rudimentaire, mais la mémoire se satisfait parfois d'un support infime.

Sans doute ce gribouillage eut-il du mal à me rassurer car me rendormir tint du miracle. L'absurde chansonnette à dix notes me collait au crâne comme si ma tête avait contenu un indigent mécanisme qu'on ne pouvait enrayer. Cela m'évoquait les cinq notes qui, dans *Rencontre du troisième type*, servent à correspondre avec les extraterrestres, et que tous les habitants de la planète se mettent à jouer frénétiquement pour appeler les Martiens.

Et moi, qui appelais-je ?

À un moment, l'accord me tapa sur le système au point de m'arracher un cri. L'instant d'après, je me demandai si Sigrid m'avait entendu. La seconde suivante, j'espérai qu'elle m'ait entendu et qu'elle coure dans ma chambre, vêtue d'un déshabillé de satin, pour s'enquérir de mon émoi. Je prétexterais un cauchemar et la prierais de rester à mes côtés, de poser sa main douce sur mon front fiévreux et de me chanter une berceuse.

Cela ne se produisit pas. Je songeai à crier plus fort, mais je n'osai pas. Pour museler la mélodie dans ma tête, je m'orchestrai *Strawberry Fields*, puis *Enjoy The Silence*, puis *Satisfaction*, puis *Bullet with Butterfly Wings*, puis *New Born* : cette cacophonie ne m'aida pas. La suite de dix notes stupides émergeait par-dessus les Beatles, Depeche Mode, les Stones, les Smashing Pumpkins et Muse comme de la mauvaise herbe phonique. En compensation, ces efforts m'anesthésièrent de fatigue et je me rendormis.

Je m'éveillai à dix heures du matin. Je bondis, enfilai le peignoir éponge blanc et descendis. J'appelai Sigrid, la cherchai. Elle n'était plus là.

« Le dimanche, je reste ici. C'est le seul jour de la semaine où vous aurez à subir ma présence », m'avait-elle dit. Nous étions lundi.

Découragé, j'allai à la cuisine. Elle m'avait préparé du café et acheté un sachet de croissants. Je lus sur un papier ce message :

Cher Olaf,
J'espère que vous avez bien dormi. Je rentre ce soir vers dix-neuf heures. En cas de problème, appelez-moi sur mon portable au 06…

Bonne journée.
Sigrid,
Versailles, le 24/07/2006.

Elle avait signé du prénom que je lui avais attribué. Je me demandai quel effet cela lui avait fait. Je l'aurais volontiers appelée pour lui poser cette question, mais je pensai que ce serait déplacé, un homme très important ne perdait pas son temps à de tels comportements.

Biscuit vint me regarder fixement alors que je mangeais les croissants. Je lui en tendis des morceaux qu'il dédaigna, l'air de dire qu'il n'était pas chat à se contenter des miettes du festin. Il esquiva aussi mes tentatives de caresses sur son gros dos. Cet animal n'aimait pas les étrangers.

Tout en buvant du café, je saisis l'appareil téléphonique de la cuisine et composai 06. Cela ne correspondait déjà pas à la mélodie qui avait hanté ma nuit. J'appuyai sur 01 qui, lui, correspondait. C'eût pu être aussi 04 ou 07, mais Olaf avait précisé qu'il appelait Paris. À moins qu'il n'ait menti, bien sûr.

Il n'était que dix heures et demie. Je continuerais les recherches plus tard. J'allai mariner dans un grand bain. Si j'avais été Baptiste Bordave, j'aurais été en train de travailler au bureau avec mes collègues. Comment avais-je pu perdre tant d'années de ma vie à une occupation dont je gardais si peu de souvenirs ?

Je me laissai ramollir dans l'eau chaude. J'étais heureux comme un champignon séché mis à tremper dans du bouillon : retrouver mon volume d'antan était délectable. J'ai toujours eu pitié des légumes lyophilisés : à quelle vie prétendre quand on a perdu son humidité ? Sur les paquets, on affirme que le produit sec a conservé toutes ses propriétés : si on interrogeait le végétal cartonneux, nul doute que son opinion divergerait. L'imputrescibilité, quel ennui !

Depuis que je m'appelais Olaf, je me sentais poreux. À l'exemple de la semoule de couscous, j'absorbais le liquide environnant. Si cela continuait ainsi, mon corps allait occuper le volume entier de la baignoire. Vu la quantité de gel-mousse scandinave que j'avais versée dans la marinade, mes tissus auraient un goût de savon.

Quand mon cerveau commença à s'imbiber lui aussi, je sortis du bain. Il valait mieux préserver sa centrale en état de marche et éviter les courts-circuits. Dans le miroir, j'avais la couleur d'un homard cuit. Je revêtis le peignoir et descendis dans le salon. Il y avait une chaîne stéréo telle que Baptiste Bordave n'eût jamais rêvé d'en posséder. Les Suédois et la haute fidélité, c'était connu. Je songeai que j'étais là depuis un jour et deux nuits et que je n'y avais encore entendu aucune musique. Le dernier à avoir glissé un CD dans l'appareil devait être feu Olaf. S'il était comme moi, il n'avait pas rangé le disque après écoute. Je fis l'expérience en allumant puis en appuyant sur la touche Play.

Mon cœur battait fort à l'idée d'écouter la dernière musique ouïe par mon prédécesseur. Les premières notes signalèrent que c'était du classique. Soulagement : j'échapperais à des suédoiseries style Abba. Très vite, j'identifiai le *Stabat Mater* de Pergolèse.

Afin que le moment soit parfait, j'allai chercher à la cuisine un verre du clos-vougeot de la veille. Je revins m'étendre sur le canapé et savourai la grande musique et le grand vin.

C'était celui que buvaient les convives effarés du *Festin de Babette* : décidément, les Nordiques s'y connaissaient en bourgogne. Je fronçai les sourcils : le dernier à m'avoir parlé de vins de Bourgogne était ce caviste au téléphone, juste après la mort d'Olaf. Franchement, avais-je jamais eu un caviste ? À plus forte raison un caviste bourguignon ? Baptiste Bordave ne buvait pas si noblement. Il y avait un peu trop de vins de Bourgogne dans cette histoire. Cela devait faire partie du complot.

Je me rappelai que j'avais prévu d'effectuer des recherches téléphoniques pour retrouver le numéro du dernier correspondant d'Olaf. Hélas, le *Stabat Mater* avait recouvert la mélodie dans mon cerveau qui avait bon goût : entre Pergolèse et France Télécom, le choix n'était pas difficile. Il n'empêche que j'avais besoin de ce souvenir décaphonique : comment le déterrer de ma mémoire ?

Je tournai en rond en m'arrachant les cheveux. Rien n'est plus ardu que de désenfouir une ritournelle simplette de sa tête envahie par un orchestre sublime. J'avais l'impression de creuser sous une ville splendide pour révéler au jour les ruines d'une bourgade sans prestige. Cette archéologie absurde acheva de me rendre fou.

Je commençai à gémir des « Ta gueule, Pergolèse ! » de plus en plus frénétiques. Biscuit me contemplait avec mépris. Je courus à l'étage chercher le gribouillage de la veille. Il se révéla aussi peu mnémotechnique qu'une pelle à tarte. Je criai au désespoir.

Je redescendis. Dans la cuisine, je retombai sur le message de Sigrid. Son numéro de téléphone correspondait à la date de ce jour : je pris ce prétexte pour l'appeler.

Elle répondit tout de suite.

– Est-ce que c'est une coïncidence, lui demandais-je, que votre numéro soit celui de la date d'aujourd'hui ?

– Non, je change de numéro chaque matin. C'est un procédé pour toujours savoir quel jour on est.

– Vraiment !

– Voyons, Olaf, bien sûr que c'est une coïncidence ! Sans vous je ne l'aurais pas remarquée. Il n'y a que vous pour observer de tels détails.

– Vous croyez ?

– Oui. Déformation professionnelle, j'imagine.

Elle me quitta en termes agréables. Je me demandai quel métier pouvait déformer un cerveau de cette manière. Agent secret ? Oui, un agent secret aurait un tel souci des détails. Ma paranoïa rendrait de précieux services dans le contre-espionnage. Et si mon prédécesseur recevait chez lui un agent secret, exerçait-il lui aussi cette profession ?

Le cerveau est un ordinateur chaotique. La mélodie du numéro à dix chiffres jaillit de ma mémoire. C'est toujours comme ça, c'est quand on ne cherche plus les informations qu'on les trouve.

Je remontai et entrai dans chaque pièce. Une vaste chambre avec bureau : ce devait être celle d'Olaf. Je m'assis à son secrétaire. Vu le nombre de numéros inscrits sur son répertoire téléphonique, il me faudrait un siècle pour identifier celui de la mélodie.

Aussi disposais-je de tout mon temps et n'avais-je que cela à faire. Je m'y attelai à l'instant : dès qu'un numéro débutait par 01 ou 04, je décrochais le téléphone et tapotais sa partition, m'arrêtant à la première divergence avec la décaphonie recherchée. L'ordre alphabétique en valait un autre pour épauler ma démarche. À la lettre B, je constatai, non sans soulagement, qu'aucun Bordave n'apparaissait. Olaf et moi semblions par ailleurs n'avoir aucune relation en commun. Je préférais.

Les tâches monotones et stupides m'ont toujours plu. Sinon, comment aurais-je pu travailler si longtemps dans un bureau ? J'aime me sentir opérationnel sans avoir le cerveau crispé par l'effort. C'est mieux que l'inaction, cela libère la tête de l'angoisse. Les plus belles rêveries se produisent lors des boulots les plus bêtes. Ce pilotage automatique n'empêche pas la matière grise d'analyser l'activité de fructueuse manière : à la longue, cette notation musicale à dix chiffres me devint si familière que je n'avais presque plus besoin du clavier pour l'entendre. Moi qui ai toujours admiré ceux qui lisent les partitions en se récriant sur leur splendeur, j'étais fier de mon minuscule progrès.

Parfois un nom m'inspirait et me déconcentrait. Deskowiak Elzbieta. Ce devait être Elisabeth en polonais. Elzbieta, c'est joli. Rencontrer une Elzbieta Deskowiak, cela préparait l'esprit à l'étonnement. Pas comme Desmarais Paul, à la ligne suivante. Ou alors c'était un préfixe téléphonique qui relançait la machine à rêver : 00 822, quel pays était-ce ? Ou plus fou encore : 00 12 (479) – ce devait être une petite île du Pacifique. Le téléphone existait-il donc, là-bas ? J'imaginais le type au sommet de son cocotier, redescendant à la vitesse grand V parce qu'il entend la sonnerie de son combiné.

Comme les sales gosses, j'étais parfois tenté de les appeler. Ce n'était pas moi qui payais la facture, alors pourquoi se gêner ? « Allô, quel est le nom de votre pays ? Quelle heure est-il chez vous ? »

Ces sottises me ralentirent. À treize heures trente, je n'en étais qu'à la lettre E. Je redescendis dans la cuisine et me préparai un sandwich au cresson. Délicieux, mais il faut bien nettoyer le cresson, sinon on attrape une maladie atroce que seul le cresson peut donner, une horreur dont on meurt en souffrant le martyre. De telles informations rendent le cresson remarquable. C'est comme ce poisson japonais, le fugu, qui est au sashimi ce que la roulette russe est aux jeux de société.

Je retournai au répertoire. En mangeant, j'avais oublié mon apprentissage de notation musicale. Je dus recommencer à tapoter sur les touches, l'air d'un débile mental qui a découvert un nouveau jeu.

Soudain, le téléphone sonna. Paniqué, je ne sus quelle attitude adopter. Je finis par décrocher pour que cesse le bruit insupportable. C'était Sigrid.

– Excusez-moi, Olaf. Avez-vous des nouvelles de mon mari ?

– Non. Étais-je censé décrocher ?

– Comme vous voulez. Vous êtes chez vous.

Elle ne savait pas à quel point c'était vrai.

– J'ai appelé plusieurs fois, cela sonnait presque toujours occupé, dit-elle.

– En effet, répondis-je, très embêté. Pardonnez-moi.

– Mais non, je vous en prie.

– Vous vous inquiétez pour Olaf ?

– J'ai l'habitude. Et j'aurais tort de m'inquiéter, n'est-ce pas ?

– Bien sûr.

Je raccrochai, honteux d'un tel mensonge. « J'ai l'habitude », avait-elle déclaré. Fallait-il y voir confirmation de l'hypothèse de l'agent secret ? Dans quel autre métier disparaît-on sans avertir sa femme ?

Et si j'étais le chef d'un important réseau de contre-espionnage ? J'aimais cette idée. Moi qui n'avais jamais été mystérieux, cela me changeait. Hélas, combien de temps allais-je pouvoir esbroufer la charmante Sigrid ?

L'APRÈS-MIDI s'écoula sans que je m'en aperçoive. J'avais réglé un réveil de façon qu'il sonne à dix-neuf heures pour être sûr de ne pas être pincé dans la chambre d'Olaf à inspecter son répertoire. Quand il sonna, j'en étais à la lettre I comme inconscient. J'avais été freiné par la lettre G : Olaf connaissait anormalement beaucoup de gens dont le patronyme débutait par G.

Toujours en peignoir, j'allai m'effondrer sur le canapé du salon. La besogne m'avait épuisé. J'appréciai ce moment : j'étais le mari qui, après une rude journée de labeur, attend le retour de l'épouse. Je me réjouissais de la revoir. Qu'était-elle partie faire ? Je n'aurais pas le droit de le lui demander.

Quand j'entendis la porte s'ouvrir, je marchai

à sa rencontre. Sigrid avait les bras chargés de sacs portant le nom de boutiques connues.

– Puis-je vous aider ?

– Non, merci, ce n'est pas lourd. Je prends une douche et je vous rejoins.

Couché sur le canapé, je me demandai si les choses étaient ce qu'elles paraissaient. Sigrid passait-elle ses journées à dépenser l'argent d'Olaf dans le commerce de luxe ? Pouvait-on vivre ainsi ? Je savourai mon ignorance.

Quand elle entra dans le salon, j'eus l'impression qu'elle étrennait une robe. En quoi savais-je que cette tenue était neuve ? Je ne connaissais pas le contenu de ses armoires. Cela paraissait logique : elle était allée faire du shopping, elle avait envie d'arborer aussitôt ses achats. Il me sembla aussi qu'elle avait le comportement de qui porte un vêtement pour la première fois. Je songeai à la complimenter, puis me rappelai que je devais m'habituer au rôle du mari. En conséquence de quoi, je ne remarquai rien.

– Toujours pas de coup de téléphone d'Olaf ? me demanda-t-elle.

– Non. Sigrid, vous savez bien que vous n'avez aucune raison de vous inquiéter.

J'avais parlé avec un peu d'humeur. Cette rudesse la rassura :

– Vous avez raison, je suis stupide. Depuis le temps, je devrais le savoir.

« Savoir quoi ? » pensai-je sans rien dire.

– Voulez-vous sortir ? demanda-t-elle.

Je flairai le piège.

– Et vous ?

– Moi, j'ai passé la journée dehors. Vous, vous n'êtes pas sorti depuis deux jours. Vous avez peut-être envie de sortir.

– Non. Ça me change, vous savez.

– Je comprends, dit-elle avec un sourire.

Ouf.

– Je suis très heureuse que vous ne vouliez pas sortir. On est si bien ici.

– Vous aimez cette villa ?

– Trop.

– Vous ne trouvez pas le décor un peu…

J'hésitai sur le mot qui convenait. Ce n'était ni kitsch ni pompeux. C'était simplement détestable, mais je ne pouvais pas le dire.

Elle haussa gentiment les épaules.

– Vous voulez dire que c'est différent de Bobigny ? Ça l'est. Je n'y connais rien, je sais seulement que ce lieu calme et luxueux m'a sauvée.

– Si on vous avait laissée choisir vous-même, auriez-vous choisi cette villa ?

– Aucune idée. Je suis heureuse qu'on ne m'ait pas laissée choisir, je ne sais pas si j'aurais été capable d'un tel choix.

– C'est Olaf qui a choisi ?

– Non. Son prédécesseur.

Mon prédécesseur avait un prédécesseur.

– Olaf aime cet endroit ?

J'avais du mal à parler de lui au présent.

– Je ne sais pas, il ne me l'a pas dit. Savez-vous que je dois me forcer pour sortir ?

– Pourquoi vous forcez-vous ?

– Sinon, je ne mettrais pas un pied dehors. Je me ferais livrer les produits de première nécessité et je vivrais cloîtrée ici.

– Cela poserait un problème à quelqu'un ?

– J'ai déjà essayé.

– Et qu'est-ce que cela a donné ?

Elle secoua la tête, confuse, comme pour éviter d'en parler.

– Moi, en tout cas, je n'ai pas mis le nez dehors depuis deux jours et si je m'écoutais, je continuerais.

– Je vous en prie, continuez ! dit-elle avec enthousiasme. À votre place, je ferais pareil.

– Ma présence ne vous dérange pas ?

– Au contraire. C'est mieux que la solitude.

– Je vois. Moi ou quelqu'un d'autre…

– Ce n'est pas ce que je voulais dire. Vous n'êtes pas le premier confrère d'Olaf à loger ici. Mais vous êtes différent.

– Expliquez-moi.

– Pour les autres, on sent qu'être ici n'est qu'un repos entre deux missions. C'est comme un hôtel, ça ne les intéresse pas. Ils semblent impatients de partir. Leur vie est ailleurs. Notez que je les comprends. Pourquoi accorderaient-ils de l'importance à cet endroit ? Vous, vous semblez apprécier votre séjour.

– Je vous le confirme.

– J'en suis ravie. Vous êtes curieux de cette maison, vous lisez les livres de la bibliothèque. Et puis, vous êtes le premier pour qui je n'ai pas l'impression d'être le personnel de l'hôtel.

– C'est vrai ?

– Oui. Je n'essaie pas de vous dire que vos collègues sont impolis, je comprends leur besoin de ne pas parler. Mais depuis que vous êtes là, je me sens exister.

– J'imagine qu'en présence d'Olaf aussi vous avez ce sentiment.

– Moins qu'avec vous. J'espère ne pas être maladroite ou ingrate en disant cela. Olaf m'a sauvée, il s'occupe bien de moi. Vous, vous vous intéressez à moi. Ou du moins, vous m'en donnez l'impression.

– Je m'intéresse à vous, je vous le confirme.

– C'est gentil. Vous avez une vie passionnante dont les enjeux sont immenses et vous trouvez le moyen de vous intéresser à quelqu'un d'insignifiant.

« Une vie passionnante dont les enjeux sont immenses. » Ma parole ! La seule chose qui avait marqué mon existence était la mort d'Olaf et ma rencontre avec sa femme. Si elle savait !

– Vous êtes le contraire d'une personne insignifiante.

Je ne voulus pas paraître lourd en ajoutant quelque chose.

– Mais si, Olaf. Voyez ce que je fais de mes journées.

– Je ne le sais pas.

Je me réjouissais d'en savoir enfin plus. C'est le moment que choisit le gros chat pour venir se poster devant sa maîtresse d'un air indigné.

– Tu as faim, mon Biscuit. Je vais te donner à manger.

– Ça ne peut pas attendre ?

– Non. Quand Biscuit a faim et qu'on ne le nourrit pas aussitôt, il monte sur les tables et renverse les objets. Je ne compte plus le nombre de vases qu'il a cassés de cette façon.

– Pas bête. Si vous me voyez faire pareil, vous saurez qu'il faut m'alimenter.

Elle rit. Je la suivis dans la cuisine. Biscuit se jeta sur sa pâtée quatre étoiles.

– Je vous cherche une bouteille de champagne ?

Le pli était pris.

Pendant qu'elle était à la cave, j'insultai le chat :

– Imbécile. Elle allait enfin m'apprendre son emploi du temps et il a fallu que monsieur vienne réclamer son miaou.

Biscuit ne m'accorda aucune attention. Il avait le triomphe écrasant.

Sigrid revint avec un veuve-clicquot dans son seau à glace.

– Je propose qu'un jour sur deux nous buvions une veuve, dit-elle.

Elle semblait avoir prévu que je reste longtemps. Ça m'allait.

– Ne pourrions-nous retourner au salon ? Le champagne avec l'odeur du Ronron…

– C'est vrai, dit-elle.

Et puis, je n'aimais pas partager Sigrid avec Biscuit.

Elle remplit les flûtes givrées.

– À qui portons-nous un toast ce soir ? demanda-t-elle.

– À Sigrid. À l'identité que je vous donne.

– À Sigrid, dit-elle avant de boire avec une volupté pleine de soulagement.

Je vidai le verre d'un trait afin d'avoir le courage de la relancer :

– Avant d'être interrompue par le chat, vous me racontiez ce que vous faisiez de vos journées.

– Ce ne devait pas être bien long comme récit, dit-elle.

– Vous n'avez même pas commencé.

– Vous m'avez vue rentrer tout à l'heure. N'est-ce pas une réponse suffisante ?

J'eus l'impression de l'incommoder. Je me servis une deuxième flûte en me demandant de quoi j'allais pouvoir parler. Quel sujet choisir qui ne fût dangereux ou gênant ?

La jeune femme eut un vertige. Elle s'excusa et s'allongea.

– C'est le champagne à jeun, dis-je. Vous n'avez rien mangé aujourd'hui.

– Ce n'est pas grave. J'aime avoir la tête qui tourne.

Son rire m'avertit qu'elle était un peu grise. C'était le moment.

– Parlez-moi de vous, Sigrid.

– Il y a si peu à dire. Je n'ai même pas de nom. Je reçois ceux qui passent dans cette maison et dont je préserve le secret.

– Vous êtes un secret plus profond qu'eux.

– Vous savez bien que non, Olaf. Je vous ai dit le très peu qu'il y avait à dire à mon sujet.

– Peut-être le secret d'une personne ne tient-il pas à ce qu'il y a à dire à son sujet.

– Servez-moi une flûte, s'il vous plaît, et ne me dites pas que ce n'est pas raisonnable.

Je m'exécutai. Elle s'assit pour boire. Elle prit une gorgée et murmura :

– J'aime que ma vie, à mon image, n'ait aucun sens et aucun poids.

– Aucun poids, soit. Mais pas aucun sens. Vous êtes le sens de la vie d'Olaf.

Elle éclata de rire.

– Absolument pas.

– Il vous a épousée.

– Je ne vous apprends pas que c'est pour la galerie.

Si, elle me l'apprenait. Et je ne pouvais pas lui en demander la raison.

– Ça n'empêche pas les sentiments, improvisai-je.

– Oui. Il m'aime bien.

– Il vous doit beaucoup.

– C'est moi qui lui dois tout.

– Vous recevez admirablement ses hôtes. J'en sais quelque chose.

– Ce n'est pas difficile.

– Si. C'est la première fois que je suis si bien accueilli.

– Vous m'étonnez. On m'a assuré qu'à Téhéran, l'accueil était extraordinaire.

Téhéran ? Je travaillais à Téhéran ? Comment retomber sur ses pattes après une telle information ?

– C'est simple, je n'ai gardé presque aucun souvenir de Téhéran, assurai-je.

– C'est peut-être bon signe. On se rappelle ce qui choque, ce qui gêne.

– Ou ce qui charme.

– Encore heureux que je boive du champagne pour entendre des choses pareilles !

Elle rit. Je me demandai si j'exagérais. Elle reprit :

– Votre métier n'est pas enviable. Des secrets, nous en avons tous. Mais nous, au moins, nous en sommes les maîtres. C'est nous qui choisissons ce qu'il faut taire. Et nous nous réservons le droit de divulguer ce que nous voulons à qui nous voulons. Vous, cela ne dépend pas de vous. J'imagine que parfois vous détenez des informations dont le caractère crucial vous échappe. Et vous devez risquer votre vie pour transmettre et cacher des choses qui vous paraissent sans intérêt.

À présent, j'étais fixé : agent secret, sans aucun doute.

Je rétorquai d'un air blasé :

– En cela, nous rejoignons l'expérience commune. Le journaliste commentant un non-événement, le publiciste communiquant sur un produit qu'il n'achèterait jamais, le cuisinier anorexique, le prêtre qui a perdu la foi…

– Je n'y avais pas pensé, dit-elle avec admiration.

Elle me remplit ma flûte.

– Pourquoi avez-vous choisi ce métier, Olaf ?

J'adorai qu'elle me pose cette question. Un agent secret était probablement un type à qui une belle blonde servait du champagne dans une flûte. Mais elle attendait une réponse grave et je m'appliquai à ne pas la décevoir :

– Choisit-on, Sigrid ? C'est un destin. On est choisi.

– Comment sait-on qu'on est choisi ?

Je bus une gorgée et me lançai dans la haute voltige de l'improvisation pure :

– Cela commence dès l'enfance, quand on sent que les adultes retiennent certaines informations. Une part de soi est philosophe et suggère qu'il suffit d'attendre : en grandissant, on saura. Une autre part de soi est paranoïaque et devine que l'âge adulte ne nous apprendra rien et que, si nous voulons savoir, il faut chercher et dérober.

– Oui, mais cela, c'est le côté actif de votre métier. Son aspect passif me semble beaucoup plus difficile et frustrant.

– Que voulez-vous dire par passif ?

– Eh bien, la rétention du secret. Comment se sait-on destiné à cela ?

Je souris en découvrant que j'avais un vrai

souvenir d'enfance qui constituerait une réponse idéale.

– Quand on est tout petit, on ne parvient pas à garder un secret. C'est une étape de la croissance, comme le fait de devenir propre. Si on y réfléchit, c'est peut-être lié. Dans ces deux domaines, j'ai été tardif. À l'âge de neuf ans, j'ai vécu mon dernier échec dans ce domaine. J'avais bien remarqué mon retard et je voulais prouver que j'avais atteint cette continence. Mes parents me cachaient quelque chose, de peur que je le révèle à ma grande sœur. Je me suis mis dans une colère noire. « Dites-le-moi, vous verrez bien que je peux me taire. » De guerre lasse, ma mère m'a murmuré à l'oreille : « Ta sœur va recevoir un piano pour son anniversaire. » Je suis resté abasourdi pendant dix secondes et puis j'ai crié : « Julie, tu vas recevoir un piano pour ton anniversaire. » Je ne savais pas pourquoi j'avais fait ça. Le secret avait jailli de ma bouche comme un geyser. Vous n'imaginez pas comme on s'est moqué de moi. Mes parents et ma sœur racontaient cette histoire à tout le monde, morts de rire, en disant que j'étais l'individu le plus pathologiquement incapable de garder un secret.

– C'est mignon, dit Sigrid.

– Sur le moment, je n'ai pas trouvé cette affaire mignonne. J'en étais malade de honte. C'est là qu'est né en moi ce désir de devenir le contraire : le champion olympique du secret.

– Comment procède-t-on ?

– On commence par des choses minuscules. Sur le chemin de l'école, ni vu ni connu, on déplace de cinq mètres un pot de fleurs en appui contre un mur. On décide que c'est ça, le secret : le déplacement du pot de fleurs. On mourra plutôt que de le dire. Peu importe que ça n'intéresse personne. On comprend que la nature véritable du secret est une décision intime. On y pense, on y pense de plus en plus. Chaque matin, en allant à l'école, on tremble en approchant du fameux mur : le pot de fleurs est-il toujours déplacé ? La propriétaire du pot de fleurs a-t-elle remarqué le scandale, a-t-elle remis le pot à son emplacement originel ? Quand on constate que le pot de fleurs est encore à l'endroit où on l'a porté, on a le cœur qui bat très fort.

– Cela se termine comment ?

– Ça ne se termine pas. Un jour, on est trop grand pour aller à l'école, on emprunte un chemin différent pour se rendre au collège, on ne sait pas ce que deviendra le bouleversant déplacement du pot de fleurs. On s'essaie à des secrets plus difficiles, c'est-à-dire moins absurdes. En cachette, on punaise une photo de femme nue en classe. Là aussi, on crèvera plutôt que de se révéler coupable d'un tel acte de bravoure, etc. On sait que l'on est formé le jour où le secret n'est plus artificiel. Le jour où l'on sait que l'on aura de graves ennuis si l'on découvre qui a démoli la voiture du proviseur.

– Exprès ?

– Même pas.

Sigrid sembla méditer mes paroles. Je n'étais pas peu fier d'avoir pu lui expliquer la genèse d'un métier que je n'exerçais pas. Je me demandais si j'aurais pu en faire autant pour n'importe quelle profession quand elle dit :

– C'est étrange.

– Oui, approuvai-je, sans savoir de quoi elle parlait.

– Je n'aurais pas cru que des parents suédois appelleraient leur fille Julie.

À l'intérieur de mon cerveau, une voix hurla : « Tu vois, tu n'as pas changé depuis l'âge de neuf ans, tu caches toujours aussi mal tes secrets ! Ça valait la peine de te vanter ! » Cela ne m'empêcha pas de retomber sur mes pattes à la vitesse de l'éclair :

– Rien d'étonnant, mes parents étaient francophiles.

– Mais vous, ils vous ont nommé Olaf.

– Ils étaient également patriotes. Je dois réchauffer le plat d'hier soir. Vous verrez, c'est meilleur le lendemain.

En attendant l'ébullition de l'eau des pâtes, je tournai dans la fricassée dont la sauce se liquéfiait lentement. Biscuit, qui avait fini son dîner, avait déserté les lieux. Sigrid mit le couvert à la cuisine. Je servis.

– Vous ne trouvez pas que la viande est plus fondante, plus imprégnée du goût des champignons ?

– Oui, dit-elle avec un enthousiasme poli.

Elle m'agaça. Je ne pus me retenir :

– Pourquoi tant de femmes croient-elles séduisant de si peu manger ?

– Pourquoi tant d'hommes croient-ils que le but des femmes est de les séduire ?

Je l'avais bien cherché. Je ris de bon cœur.

– Ne vous sentez pas obligée. Je finirai votre assiette, si ça ne vous choque pas.

– Qui vous dit qu'il en restera ?

– Une intuition.

En effet, il en resta beaucoup. Elle me tendit son assiette que je terminai sans chichis.

– J'aimerais que vous m'accompagniez demain, dit-elle.

– Vous avez besoin de quelqu'un pour porter les paquets ?

– Je vais au musée.

Je faillis lui demander pourquoi. Ma mission téléphonique me revint à l'esprit.

– Hélas, ce sera impossible, répondis-je.

– Dommage, j'aurais tellement voulu que vous veniez avec moi.

– Pourquoi ?

– Les musées gagnent à être visités en compagnie intelligente.

– Vous êtes gentille. Vous n'y perdez rien. Au musée, je ne dis jamais rien.

Ce n'était pas vraiment un mensonge puisque je n'allais jamais au musée.

– Vous y allez souvent ?

– Oui. Vivre à côté d'une métropole et ne pas fréquenter les musées, ce serait aussi aberrant que de posséder un ranch et ne pas monter à cheval, vous ne trouvez pas ?

– Je ne sais pas depuis combien de temps je n'ai plus mis les pieds dans un musée.

– Cela ne se compare pas. Je n'ai pas besoin de vous expliquer le genre de vie que vous menez. Moi, je suis inactive. Les musées sont faits pour les gens de mon espèce.

– Et quel musée visiterez-vous ?

– Le musée d'Art moderne et son voisin, le Palais de Tokyo.

Je me sentis honteusement soulagé d'échapper à ça.

Au moment de me quitter, elle me demanda si les croissants du matin me convenaient. Je décidai d'être odieux jusqu'au bout :

– Je préfère les pains aux raisins.

– D'accord, dit-elle, aucunement choquée, avant de disparaître dans sa chambre.

Je dormis monstrueusement bien. Comment était-ce possible ? J'avais beaucoup dormi les deux nuits précédentes, je m'étais levé tard, on ne pouvait pas dire que je m'étais tué au travail – la moindre des probabilités eût été l'insomnie. Du temps où j'habitais chez moi, j'allais dire en moi, j'y étais abonné. Dans cette villa de Versailles, je découvrais le sommeil du juste. Il n'y avait pourtant aucune raison de penser que j'en étais un.

Je restai au lit à savourer l'incroyable volupté d'un corps reposé en profondeur. La douche élimina les miasmes d'une telle nuit. En me glissant dans le peignoir, je commençai à soupçonner que ce serait mon uniforme pour longtemps.

À la cuisine m'attendait un sachet de pains aux raisins. J'éclatai de rire comme un gosse dont on satisfait le moindre caprice. Ma joie n'eût pas été complète sans le mot de Sigrid : à une phrase près (« j'espère que ces viennoiseries vous conviendront »), c'était le même que la veille, mais j'appréciai qu'il fût frais du matin, comme le petit-déjeuner.

Je mangeai en jubilant, d'abord parce que c'était très bon, ensuite parce que je n'étais pas sur le point de visiter un musée. Le café favorisa ma réflexion : qu'avais-je contre les musées ? Mes parents avaient plutôt réussi mon éducation, j'aimais la lecture, la musique – pourquoi avaient-ils à ce point échoué sur le chapitre des musées ?

J'essayai de me rappeler le premier musée où j'étais allé. Je devais avoir six ans. Incapable de préciser si ce qu'on m'avait emmené voir était aztèque ou chinois, européen ou africain. Mélange confus de statues, de tableaux, de cruches cassées et de tombes. Seule certitude, c'étaient de vieilles choses, même quand c'était appelé moderne.

Maman ne cessait de s'extasier et me demandait mes « impressions ». Je n'en avais aucune, sauf à l'égard du constant orgasme maternel que jamais je n'aurais pu imiter, encore moins éprouver. Mais il fallait bien que je réponde, alors je disais « c'est beau », et je sentais que j'étais à côté de la plaque, surtout quand nous nous attardions devant des reconstitutions de sacrifices humains. Mes parents semblaient pourtant enchantés de mon opinion. J'en conclus qu'ils pensaient pareil et qu'ils avaient mauvais goût.

Dans les musées régnait une odeur de momie. Même en l'absence de cadavres, ce qui était rare dans ces lieux où le macchabée représentait le comble du chic, ça puait la mort, non pas la mort bouleversante des cimetières ou la mort hirsute des combats, mais la mort ennuyeuse des commémorations officielles.

Si ma mère n'était que convulsions face à ces vieilleries, mon père, d'après moi, simulait. Il regardait ce fatras avec une politesse absente sauf quand il lisait à haute voix le commentaire muséal. J'en eus la preuve vers l'âge de dix ans, comme nous parcourions une exposition d'art primitif. Dans un coin, il y avait d'ignobles bâtons incrustés de couleurs moches. Papa s'approcha de cette laideur, peut-être intrigué qu'on puisse l'exposer. Il lut tout haut l'explication : « Îles Samoa, étais sculptés. Julie,

Baptiste, venez voir. » Et il ajouta, sans ironie ni second degré : « Remarquables, ces étais sculptés. »

Je me rappelle avoir échangé avec ma sœur un regard consterné. Il avait parlé comme le professeur Mortimer de la bande dessinée d'Edgard-Pierre Jacobs quand il visite le musée du Caire. Il récitait un rôle.

En vérité, dans les musées, mon unique centre d'intérêt était le comportement de mes parents. Et leur commentaire invariable, au retour, en voiture : « Ça fatigue, ces expositions, mais on est contents que les enfants l'aient vue. Baptiste l'a trouvée magnifique. » La culture repose sur un malentendu.

Bref, si les musées m'avaient simplement ennuyé, je ne les aurais pas détestés. Je n'ai rien contre l'ennui, mais s'ennuyer en se sentant obligé de manifester de l'intérêt, quelle plaie !

Quand j'eus fini mon café et mes ruminations, je remontai dans le bureau. Je repris le répertoire à la lettre I et me remis à la tâche. Téléphone à l'oreille, j'avais l'impression d'ausculter le passé d'Olaf. J'aimais cette vérification paranoïaque. C'était autrement intéressant qu'un musée. Mes doigts tapotaient les numéros, s'arrêtaient à la première discordance avec la mélodie espérée. J'avais l'air de chercher la combinaison d'un coffre-fort.

I.J.K.L.M.N.O.P.Q.R.S. J'allais plus vite que la veille, j'attrapais le métier. Il faut préciser que K et surtout Q furent singulièrement courts. Il m'arriva aussi d'être distrait, de former le numéro jusqu'au bout, d'attendre la communication et de tomber sur des inconnus. Je raccrochais en m'excusant de cette erreur.

Je n'étais plus qu'une machine déconnectée de la réalité quand je reconnus la décaphonie. Mon signal d'alarme fonctionna, je coupai aussitôt. De qui avais-je donc formé le numéro ? Sheneve Georges. De quelle nationalité est-on quand on se nomme Georges Sheneve ? Aucune idée. Comment prononcer Sheneve ? Chénévé ? Chenève ? Senv ? et Georges, était-ce Djordj ou notre bon vieux Georges ? Le cas de le dire : c'était un nom de vieux.

Il fallait que j'appelle cet individu. Je n'en avais pas le courage. Après tout, ce pouvait être une coïncidence. Et puis je n'avais pas épluché le carnet jusqu'au bout. Entre Sheneve et Z il pouvait y en avoir d'autres dont le numéro formerait cette mélodie. Non, ce devait être la lâcheté qui me suggérait ces improbabilités. Allons, je ne m'étais pas donné ce mal pour rien. Ce devait être ce Georges Sheneve qu'Olaf avait tenté de joindre avant de mourir dans mon salon.

Je respirai un grand coup et composai la musique funèbre. Cela sonna longtemps. La dernière fois, c'était la touche Recomposition de mon téléphone qui l'avait enclenchée. Je savais déjà qu'il n'y avait pas de répondeur. Je me pris à espérer qu'il n'y ait personne quand on décrocha. C'était une femme.

– Allô ?

– Bonjour, madame. Pourrais-je parler à Georges, s'il vous plaît ?

Je n'osai prononcer le patronyme de peur de me tromper.

– C'est de la part de qui ?

– Olaf Sildur à l'appareil.

Silence étrange.

– Un instant, s'il vous plaît.

J'entendis ses pas s'éloigner. Sa voix était celle d'une dame âgée d'environ soixante ans. D'autres pas s'approchèrent. J'eus quelques secondes de panique cardiaque.

– Vous ne pouvez pas être Olaf Sildur, me dit une voix monocorde de vieil homme.

– Je suis Olaf Sildur, répondis-je sans protestation.

– Olaf Sildur est mort.

Je faillis demander : « Comment le savez-vous ? » Je me contentai de répéter, impavide :

– Je suis Olaf Sildur.

Silence.

– Je devine qui vous êtes. Faites très attention, monsieur. On ne devient pas Olaf Sildur si facilement.

Sa voix regorgeait d'insinuations ironiques. Il raccrocha. Je fus tenté de le rappeler. Je ne sais pas pourquoi mes premiers réflexes sont toujours stupides.

« Faites très attention, monsieur. » Ce sarcasme était clairement une menace. J'avais intérêt à m'enfuir. Georges Sheneve avait sûrement un détecteur de numéros et devait savoir d'où j'avais téléphoné. Sauf si Olaf avait opté pour un numéro secret, ce qui était possible. Mais avec ou sans numéro, Sheneve ne mettrait pas longtemps à me situer. Il ne fallait pas être bien malin pour deviner où je me trouvais.

Quinze heures trente. Rien ne m'empêchait de sauter dans des vêtements, de courir jusqu'à la Jaguar et de filer à l'étranger. J'avais une carte d'identité suédoise, je pouvais m'installer n'importe où en Europe, et pourquoi pas en Suède ? Georges Sheneve, ça ne sonnait pas suédois comme nom. Je serais tranquille, là-bas. Une nouvelle vie commencerait.

Je ne bougeais pas de mon siège. Pourquoi cette inertie absurde ? À l'idée de quitter la villa, je pesais mille kilos. Par la porte que j'avais laissée entrouverte, je vis entrer Biscuit. Avec une vigueur étonnante pour son volume, il sauta sur le bureau et se vautra sur le répertoire. Je compris qu'il ne délogerait pas avant longtemps.

Les animaux nous communiquent des messages. Celui-ci n'était pas ambigu ; si tu restes, voici ce que tu vas devenir : un gros chat. Cela me parut optimiste. Si tout ce que je risquais était de devenir un gros chat, j'étais tenté de rester. Mais je risquais bien davantage de finir assassiné par Georges Sheneve ou quelqu'un de son réseau.

Je ne voulais pas quitter Sigrid. C'était la raison pour laquelle je me sentais incapable de m'en aller. Et si je la persuadais de partir avec moi ? Il faudrait que je lui avoue la vérité. Mais pouvait-elle ne pas savoir qu'Olaf était mort, si Georges était au courant ?

Je réfléchis en regardant le ventre de Biscuit se soulever et s'abaisser au rythme de sa respiration ensommeillée. Le type qui était mort chez moi s'appelait-il vraiment Olaf Sildur ? La photo sur la carte d'identité lui correspondait, comme elle aurait pu correspondre à quelqu'un d'autre. Je n'avais pas remis en cause sa véracité en la voyant, mais à moins d'être policier, agent secret ou douanier, on ne remet pas en cause ces choses-là.

Je choisis l'hypothèse que mon macchabée était bel et bien Olaf. En ce cas, comment Georges Sheneve savait-il qu'il était mort ? Olaf lui avait téléphoné de chez moi, Georges avait pu capter mon numéro, grâce auquel il avait obtenu mon nom et mon adresse. J'imaginai les hommes de Sheneve débarquant chez moi, trafiquant la serrure ou enfonçant la porte et découvrant le cadavre. Croyaient-ils que je l'avais tué ?

Impossible. Olaf ne portait aucune marque de violence. Mais ils pouvaient croire que je l'avais empoisonné. En l'absence d'autopsie, cette hypothèse était plus crédible que cette aberration du hasard, un type de trente-neuf ans qui crève sans raison dans l'appartement d'un inconnu. J'avais envie de crier mon innocence.

Mais si les choses s'étaient passées ainsi, pourquoi Georges n'avait-il pas averti Sigrid de la mort de son mari ? Il devait y avoir une explication différente.

Je tentai de me figurer un scénario radicalement neuf, en poussant à son comble la théorie du complot. La veille du décès du présumé Olaf, le type qui m'avait tenu ces propos singuliers chez je-ne-savais-plus-qui était un homme de Georges Sheneve. Ses considérations avaient pour but d'influencer mon comportement du lendemain, suite à la mort programmée du supposé Sildur. On avait décidé de le liquider, on lui avait administré un poison lent qui opérerait vers neuf heures du matin, on avait fixé comme mission à Olaf d'entrer dans mon appartement pour quelque mission et, là, de téléphoner à Sheneve. Vu les circonstances de son trépas, on avait prévu que je m'enfuirais et que, si la police découvrait le corps, je serais le coupable idéal. Ainsi, leur réseau serait blanchi d'une mort suspecte.

Pourquoi moi ? Parce que j'avais le même âge,

la même taille, la même couleur de cheveux, l'esprit assez tordu – et la vie assez ratée – pour avoir le projet d'échanger mon identité contre celle d'Olaf. Qui avait pu leur suggérer de me choisir ? Mes voisins, mes collègues, l'ami qui m'avait invité à la soirée, n'importe qui. Pourquoi devait-il appeler Sheneve ? Pour qu'il sache que Sildur était bel et bien chez moi.

Je secouai la tête. C'était à devenir fou. Mon cerveau se mit à sécréter hypothèse sur hypothèse. Le type qui avait passé l'arme à gauche chez moi avait déjà usurpé l'identité d'un Olaf Sildur décédé. J'avais usurpé l'identité d'un usurpateur d'identité, j'étais un imposteur au carré. Oui mais alors, Sigrid ignorait-elle son veuvage ? Autre chose. C'était un cas burlesque d'homonymie. En Suède, s'appeler Olaf Sildur revenait à s'appeler Dupond ou Dupont en France. C'était un malentendu. Ou alors, un petit malin se servait de cette homonymie, peut-être pour cumuler des revenus. Était-ce ce cumulateur qui avait trépassé chez moi ? Ou l'un de ceux que ce petit malin avait escroqués ? De qui Sigrid était-elle la veuve ? Non, non, non. Le type avait simulé son décès chez moi. C'était un cambrioleur. Le mondain de la veille m'avait empoisonné l'esprit dans le but de me faire fuir, afin que son copain ait le champ libre pour me détrousser. En ce cas, pourquoi avaient-ils choisi un bonhomme aussi pauvre que moi ? Ridicule. C'était une succession de hasards sans queue ni tête. Georges Sheneve n'avait rien cherché à me dire au téléphone. Il connaissait un Olaf Sildur qui était mort, la belle affaire. Il m'avait déclaré que je ne deviendrais pas ce type, c'était une simple évidence, il fallait souffrir de paranoïa pour y déceler une menace. Biscuit me suggérait la bonne attitude : me coucher et dormir.

C'est ce que je fis. Je regagnai le canapé du salon où j'avais si délicieusement siesté la veille. Je m'y allongeai. Je songeai que si j'adoptais durablement ce style de vie, je ne tarderais pas à devenir le gros chat préfiguré par Biscuit. Cette rumination favorisa mon enlisement dans le sommeil.

Quand je m'éveillai, Sigrid était assise par terre à côté du canapé et me contemplait avec attendrissement. Je m'étirai et dis la première chose qui me vint à l'esprit :

– J'ai faim.

Elle éclata de rire.

– Dormir et manger. Je vais vous appeler Biscuit Deux.

– C'est drôle que vous me répondiez ça. C'était ce que je pensais en m'endormant.

– Je sais que vous avez faim, mais ne pourrions-nous pas boire notre traditionnelle bouteille de champagne ? Cela nourrit, le champagne.

– D'accord. À condition qu'on dîne ensuite.

– Roederer millésimé ?

– Pourquoi pas ?

Tandis qu'elle descendait à la cave, je me demandai comment je pouvais être déjà blasé au point que la perspective de boire un grand champagne avec une créature de rêve me semble si naturelle. Alors que j'aurais dû être en train de m'enfuir au volant de la Jaguar pour échapper à Georges Sheneve. Je renonçai à comprendre ce qui m'arrivait. Dès qu'il s'agissait de se laisser porter par les événements – surtout quand ces événements consistaient en un roederer millésimé et une belle jeune femme – j'étais très fort. Ma vie alternait les séquences de paranoïa et de torpeur voluptueuse.

C'était l'heure du plaisir. Sigrid revint avec le

plateau. Elle ouvrit le roederer 1991 et en versa dans une flûte givrée qu'elle me tendit. Le bruit du champagne qui coule annonce le bonheur. C'était une tiède soirée d'été, mon hôtesse portait une robe courte qui dévoilait des jambes dignes d'une Scandinave. On contracterait le syndrome de Stockholm pour moins que ça. Je trinquai (« À Biscuit qui nous donne l'exemple ») et bus la version à bulles de l'or.

– Ça vous plaît ? demanda-t-elle.

– On s'en contentera.

Elle rit.

– Vous paraissez très heureuse, lui dis-je.

– L'exposition du Palais de Tokyo m'a bouleversée.

« J'espère qu'elle ne va pas me bassiner à parler musée », pensai-je. Sourde à mes protestations intérieures, elle continua :

– L'exposition s'appelle « Un milliard d'années – une seconde ». Il s'agit de faire ressentir le temps.

– Avec un titre pareil, je m'en étais douté, dis-je avec humeur.

Imperméable à ma remarque, Sigrid poursuivit :

– Parmi les choses qui y sont montrées, il y

en a une qui me sidère. Une salle entière lui est consacrée. En 1897, une expédition en montgolfière avait commencé par survoler le pôle Nord. À bord, deux hommes et une femme devaient filmer et photographier en vue de travaux scientifiques. Au bout de trois jours, on perdit le contact avec eux, on ne put ni les localiser ni suivre leur trace. Trente années passèrent. Par hasard, on retrouva leurs cadavres dans un genre de crique où la montgolfière avait chuté. La femme tenait encore la caméra avec laquelle elle avait filmé jusqu'au bout.

« Le gel avait dû figer son geste, sinon elle aurait lâché la caméra », pensai-je, tout en me demandant pourquoi je m'arrêtais à ce genre de détail.

– Dans cette salle, on projette en boucle le film fait par la mourante. On n'y voit pour ainsi dire rien : l'image montre de la blancheur à n'en plus finir, éclaboussée de taches noires que la muséographie qualifie étrangement de bruits visuels et qui nous sont présentées comme de probables déprédations du temps et du froid sur la pellicule. Rien d'autre. J'en sais quelque chose, je suis restée deux heures dans la pièce à regarder le film. Je veux bien croire que les éclats noirs sont des corrosions, mais je suis sûre que ce blanc sans contour est bel et bien ce que cette femme a filmé. Jamais je n'ai été aussi bouleversée par un film. Un être humain, plutôt que de tenter de se sauver, a préféré garder un témoignage de ses dernières heures.

– Vous trouvez ça bien ? dis-je, en me rendant compte qu'une telle attitude me rappelait la mienne, sauf que je ne filmais pas.

– Je ne sais pas, mais je comprends cette femme. Sans doute a-t-elle pensé, à raison, que cela ne servirait à rien de tenter de se sauver, vu le lieu où elle était. Mais n'est-il pas magnifique qu'elle ait filmé ? J'imagine qu'elle était ébahie par ce monde de blancheur et qu'elle a voulu l'immortaliser. Elle a dû espérer que, quand son cadavre aurait été localisé, on visionnerait la bande. L'ultime désir de cette mourante a été le partage d'une émotion. J'aime cette aventurière. Quelle foi en l'homme faut-il avoir pour miser ses dernières forces sur un testament aussi fragile ! Le plus beau, c'est que sa foi s'est vue justifiée au-delà de ses espérances, car même dans ses rêves les plus fous, la femme ne s'est sûrement pas figuré que son film serait projeté en boucle dans une salle du Palais de Tokyo de Paris.

– Oui, enfin, pour une exposition temporaire, grinçai-je.

– Cette histoire me réconcilie avec l'humanité, conclut Sigrid, les larmes aux yeux.

Je comprenais son émotion, mais je ne voulais pas être ému. Je n'avais que l'embarras du choix pour détruire sa foi en l'humanité : lui révéler que son sacro-saint mari travaillait pour un réseau de crapules qui, à présent, cherchaient à m'assassiner, que nous étions elle et moi des pions dans une affaire qui nous dépassait et que la seule excuse de son époux, c'est qu'il était mort.

Je remplis nos flûtes et lui demandai :

– Si cette nuit était la dernière de votre vie, qu'en feriez-vous ?

Elle sourit.

– Je ne filmerais pas. Ce ne serait pas intéressant de filmer l'intérieur de la villa.

– Vous sauveriez-vous ?

– Aurais-je la vie sauve en partant ?

– Mettons que oui.

Elle haussa les épaules.

– Je ne sens pas assez l'urgence de la situation.

Je pris un air grave.

– Sigrid, je vous le garantis : si nous ne fuyons pas cette nuit, demain nous serons morts.

Elle rit.

– Même en entrant dans votre fiction, je ne parviens pas à avoir peur. Mon existence importe si peu. Cela m'est égal de mourir.

– Et que je meure, moi ?

– Je me dis que vous savez ce que vous faites.

Plaisantait-elle, ou avait-elle compris le sérieux de mon avertissement ?

– Je pense qu'il y a une malédiction d'inertie dans votre villa.

– Vous ne croyez pas si bien dire, déclara-t-elle. Pourquoi croyez-vous que je me force à sortir chaque jour du matin au soir ? Parce que, sinon, je suis prise dans cette inertie qui est ici tellement voluptueuse que l'on ne voit pas pourquoi on voudrait y échapper.

– Et pourquoi le voulez-vous ?

– Pourquoi Ulysse et ses hommes veulent-ils fuir l'île des Lotophages ?

– Précisément, je leur ai toujours donné tort. Surtout quand on voit pour quelles péripéties ils s'embarquent ! Alors qu'ils auraient pu rester avec ces bienheureux assoupis jusqu'au bout !

– Mais alors Ulysse n'aurait pas retrouvé Pénélope.

– Ce n'est pas votre problème, il me semble.

– Posons la question à l'envers. Pourquoi ne partirais-je pas chaque matin ?

– Pour rester auprès de moi.

Elle éclata de rire.

– Vous vous lasseriez de ma compagnie.

– Qui vous parle de compagnie ? Je n'ai pas besoin que vous soyez continuellement à côté de moi. C'est de votre présence que j'ai envie : vous sentir dans la villa, vous entendre vivre.

« Sans parler de la protection que cela m'assurerait », pensai-je.

– De toute façon, vous n'allez pas vous installer ici pendant cent sept ans, dit-elle.

– N'était-ce pas votre souhait ?

– Si. Mais je sais qu'il n'est pas réalisable.

– Et si je décidais de rester, à votre avis, que se passerait-il ?

Elle me regarda avec perplexité.

– Vos collègues ne viendraient-ils pas vous chercher ?

– Vous croyez ?

– Il me semble. J'ai cru comprendre que vous ne faisiez pas ce que vous vouliez.

– Et si je me cachais ici ?

Elle se tut un temps et dit avec solennité :

– Si vous vous cachiez ici, je ne révélerais pas votre présence.

Elle venait de sceller un pacte.

– Que préférez-vous ? Partir demain avec moi, au loin, ou me cacher dans votre villa ?

– Partir où ?

– Nous roulerions jusqu'au Danemark et, de là, nous traverserions les îles jusqu'à la Suède.

Elle parut tentée. Je tremblai un peu. Après réflexion, elle dit :

– Je préfère rester et nous cacher.

« Brave petite », pensai-je.

– J'espère ne pas vous décevoir, ajouta-t-elle, je veux être là quand Olaf reviendra.

Je l'avais oublié, celui-là.

– N'ayez crainte : quand il sera là, je vous cacherai même à lui.

Je n'avais aucune peur.

– Pourquoi acceptez-vous cela pour moi ? demandai-je.

– Vous êtes le premier qui s'intéresse à moi. Même mon mari ne s'est jamais tant intéressé à moi.

– Alors demain matin, vous ne partirez pas ? Vous veillerez sur moi ?

– Le voulez-vous vraiment ?

– Oui, dis-je avec l'impression honteuse d'être un enfant suppliant sa mère de rester auprès de lui.

– Soit.

Je souris. Elle parut soudain inquiète.

– Que vais-je faire toute la journée ?

– Ce que nous faisons.

– Nous ne faisons rien.

– C'est faux. Nous buvons.

Elle remplit les flûtes en secouant la tête.

– Allons-nous passer notre temps à boire ?

– À boire de l'excellent champagne : il n'y a pas de meilleure occupation.

– Combien de semaines avez-vous l'intention de vivre ainsi ?

– Éternellement.

– Qu'allons-nous devenir ?

– Nous verrons.

DÈS le lendemain commença cette nouvelle existence.

Je m'éveillai tard, après avoir scandaleusement dormi. Je marinai un peu au lit en me demandant, pour le plaisir de m'inquiéter, si Sigrid avait tenu parole. Je pris une douche, enfilai le peignoir et descendis. Dans la cuisine, Sigrid me tendit une tasse de café.

– Vous êtes là, dis-je avec un plaisir si visible qu'elle parut heureuse.

– J'ai préparé le seau à champagne au salon.

– Suis-je le seul à tant dormir ?

– Non. Cela fait partie de la malédiction de la maison. Je mets le réveil chaque matin, sinon je ne me lèverais qu'à des heures monstrueuses, comme Biscuit.

– Moi, j'ai décidé que Biscuit serait mon maître à penser.

– Si vous voulez, il aura du champagne dans sa gamelle.

Je me rappelai que le salon était visible depuis la rue. Sigrid déménagea le seau dans la cuisine.

– À quelle heure commençons-nous ? demanda-t-elle.

– À onze heures du matin. C'est le défaut du champagne : il n'est pas bon au saut du lit.

– Vous avez déjà essayé ?

– Oui, comme le vin et le whisky, la vodka et la bière : ça ne passe pas.

– De la bière le matin ? Pourquoi avez-vous tenté une chose aussi affreuse ?

– Vous avez raison, c'est la pire. C'était par admiration pour Bukowski qui se réveillait encore profondément imbibé et qui buvait aussitôt une bière. J'ai vite renoncé à l'imiter. Lui, c'était un héros.

– Un alcoolique, vous voulez dire.

– Le héros de l'alcoolisme. Il buvait avec une sorte de vaillance. Il avalait des doses incroyables d'alcool de qualité infecte, et puis il écrivait des pages magnifiques.

– Voulez-vous écrire, vous aussi ?

– Non. Je veux être avec vous.

– Vous voulez voir où l'alcoolisme nous conduira ?

– On ne peut pas être alcoolique en ne buvant que du champagne.

Elle me considéra avec scepticisme.

Dès onze heures, elle déboucha le veuve-clicquot. Les premières gorgées me paralysèrent de plaisir. Il fallait se taire et fermer les yeux : que l'être entier devienne la caisse de résonance de cette jouissance.

– Vous avez une grande vertu, Sigrid : vous savez boire. Ce n'est pas si fréquent chez les femmes.

– C'est à croire que vous ne les connaissez pas. Êtes-vous marié, Olaf ?

– Non. C'est la première fois que vous me posez une question indiscrète.

Elle se tut, comme prise en faute. Je remplis les flûtes pour dissiper le malaise.

Il y a un instant, entre la quinzième et la seizième gorgée de champagne, où tout homme est un aristocrate. Ce moment échappe au genre humain pour un motif médiocre : les êtres sont si pressés d'atteindre le comble de l'ivresse qu'ils noient ce stade fragile où il leur est donné de mériter la noblesse.

TROIS heures plus tard, Sigrid débouchait la troisième bouteille. Notre léger froid s'était dissipé.

– Une bouteille de champagne par heure, c'est une bonne moyenne.

– Vous n'êtes pas saoul. Vous avez l'habitude de boire, dans votre métier.

– Bien sûr. Les mauvais buveurs ne sont pas admis dans la profession.

– Je ne suis pas saoule non plus. Seulement grisée. Avez-vous remarqué combien chaque gorgée est délectable ?

– En effet. D'habitude, arrive un stade où le champagne cesse de plaire et où l'on passe au vin rouge, au whisky, à la poire. Nous subissons tous les bons effets du champagne et aucun des mauvais. J'ai l'impression que nous exerçons l'un sur l'autre une influence améthyste.

– Qu'est-ce que les améthystes viennent faire dans cette galère ?

– Améthyste a pour étymologie « qui écarte l'ivresse ». On prêtait cette vertu à la pierre précieuse en question. Les pochetrons de l'Antiquité ne se départaient pas de leur améthyste.

– Et ça marchait ?

– Je ne pense pas. De nos jours, chacun a son truc plus ou moins dégoûtant : avaler l'huile d'une boîte de sardines avant d'aller à une beuverie, ou se tapisser l'estomac avec deux aspirines dissoutes dans de l'eau ou de l'huile d'olive.

– Quelle horreur !

– Alors que nous, il nous suffit d'être ensemble. Tout se passe comme si nous transformions le champagne en intensité dès l'instant où nous le buvons.

– Comment analyser un phénomène aussi étrange ?

– Je ne sais pas. Vidons une nouvelle flûte qui nous aidera à y voir clair.

Des heures s'écoulèrent ainsi. J'étais trop absorbé par l'observation des effets du champagne pour compter les bouteilles.

Les continents possèdent une ligne de partage des eaux, lieu mystérieux à partir duquel les fleuves décident de couler vers l'est ou l'ouest, le nord ou le sud. Le corps humain possède une ligne de partage du champagne, géographie encore plus mystérieuse, à partir de laquelle le vin doré cesse de couler vers l'intelligence pour refluer en direction du grand n'importe quoi.

Nous avions atteint le stade du mysticisme. Dans la Bible, il est écrit : « C'est par l'abondance du cœur que la bouche parle. » Désormais, nous parlions conformément aux Écritures.

– Sainte Thérèse d'Avila a raison : « Tout ce qui arrive est adorable. » Cette canicule, par exemple : je ne sais pas pourquoi les gens s'en plaignent. Cette canicule est adorable.

– Surtout quand on ne travaille pas et qu'on boit des litres de champagne glacé.

– Qui vous dit que je ne travaille pas ? La vérité, c'est que j'ai enfin réglé la principale question des hommes : l'emploi du temps. Et je vous ai sauvée, Sigrid, de ce faux problème : vous faisiez n'importe quoi pour vous occuper, des courses, des visites. En vérité, je vous le dis : le temps ne doit pas être employé. Il ne faut pas s'occuper, il faut se laisser libre.

– À condition d'avoir de l'argent.

– Vous avez la Carte bleue d'Olaf, non ?

– Oui. Je ne sais pas combien il a sur son compte. Un jour, je le lui ai demandé, il m'a répondu : « Beaucoup. » Quand je retire de l'argent, le distributeur refuse de me donner le solde.

– La Carte bleue d'Olaf, c'est l'huile de la veuve.

– Parlant de veuve, je vais en chercher une à la cave.

Sigrid marcha droit, malgré ses talons vertigineux et son degré d'alcoolémie. Elle remonta sans tituber et ouvrit la bouteille avec des gestes assurés.

– Vous n'êtes pas ivre, Sigrid ?

– Je le suis. Je sais que cela ne se voit pas.

– À quoi peut-on savoir que vous êtes saoule ?

– Quand je le suis, je cesse d'avoir peur.

– Peur de quoi ?

– Aucune idée. J'ai tout le temps peur, je crois que cela fait partie de la vie.

– Et seul le champagne dissipe cette peur. Le champagne contient de l'éthanol qui est le meilleur détachant. Il faut en conclure que la peur est une tache. Buvons, Sigrid, pour nous en laver.

J'éclusai la flûte. Les gorgées glaciales m'agrandirent la tête.

– Et si la peur était le péché originel, Sigrid ? Et si l'ivresse était le moyen de retrouver le monde d'avant la chute ?

– Marchez un peu, Olaf.

Je me levai, avançai la jambe et m'effondrai.

– Vous voyez, c'est le monde d'après la chute.

– Mais vous, Sigrid, vous parvenez à marcher !

– Voulez-vous que je vous aide à vous redresser ?

– Non, je suis bien ici.

Le sol de la cuisine était d'une fraîcheur délectable. Je sombrai dans une sorte de coma voluptueux. Mon ultime sensation fut celle de la rotation de la Terre.

LES pas de Sigrid percèrent mon sommeil. Charmé à l'idée de voir ses chevilles, j'ouvris les yeux et me retrouvai nez à nez avec Biscuit qui m'inspectait avec dégoût.

– Je nourris le chat et je vous prépare à dîner. Comment allez-vous, Olaf ?

– Mieux que jamais.

Je me mis debout sans trop de problèmes et allai regarder par la fenêtre. Fin juillet, début de soirée, on y voyait aussi clair qu'en plein jour. C'était la canicule, les gens avaient sué et peiné, tandis que moi j'étais resté au frais dans la villa, à boire du champagne frappé. Je n'avais pas souffert de la chaleur, pas même une seconde.

Ce type qui me lorgnait de la rue devait être un jaloux. Je le comprenais. À sa place, je me serais envié. Et encore, il ne savait pas avec quelle créature de rêve j'avais passé la journée.

L'idée de la jalousie du voyeur porta ma joie à son comble. À y réfléchir, ce trait de l'espèce humaine – se réjouir d'être envié – suffit à la discréditer en profondeur.

Je me mis à toiser l'homme, histoire de lui reprocher la bassesse du sentiment qu'il m'inspirait. Nul doute qu'un voyeur détesterait être observé, comme un arroseur n'aime pas être arrosé. Bizarrement, ça ne le dérangea pas. Il resta planté là. Un autre type le rejoignit qui lui tendit un sandwich. Voici que les deux hommes me regardaient en mangeant.

« Jetez-moi des cacahuètes, tant que vous y êtes », pensai-je. Mon cerveau aviné tarda à enclencher le signal d'alarme. Foutre ciel, ce sont les sbires de Georges Sheneve qui montent la garde ! Depuis combien de temps ?

Je me sauvai dans la cuisine qui n'était pas visible de la rue.

– Je prépare des fraises-mozarella-basilic, dit Sigrid. C'est meilleur que le classique avec les tomates.

– Parfait.

Elle ne s'aperçut pas que ma voix sonnait faux. Tant mieux. Il ne fallait pas lui dire que nous étions surveillés. Cette révélation en entraînerait d'autres et, de fil en aiguille, je devrais lui avouer la mort d'Olaf.

– Et si nous dînions dans la cuisine ? proposai-je avec un grave manque de naturel.

– Nous mangeons toujours dans la cuisine, répondit-elle avec étonnement.

Il était vraiment urgent que je change d'attitude : elle allait finir par soupçonner qu'il y avait un problème. Je m'assis en songeant qu'il était trop tard pour fuir. Nous n'avions plus le choix. Cette dernière phrase me rassura. Aussi longtemps que je crois à une possibilité de salut, je m'énerve, je m'angoisse. Quand je comprends qu'il n'y en a pas, je deviens zen et charmant. Puisque nous courions à la catastrophe, autant jouir de la vie.

Sigrid disposa les assiettes sur la table, ainsi qu'une corbeille de pain.

– Je suis allée chercher une bouteille de krug, dit-elle en montrant le seau à glace. Avec un plat à l'huile d'olive et au basilic, il m'a semblé qu'un vin rouge serait une erreur, et je n'aime pas le vin blanc.

– Vous avez eu raison. Pourquoi boirions-nous autre chose que du champagne ?

– Vous n'avez pas peur de vous en lasser, après tout ce que nous avons bu aujourd'hui ?

– Du moment que nous en avons envie.

– C'est vrai. Il ne faut écouter que son désir.

J'ouvris la bouteille en pensant que cette phrase pourrait m'entraîner loin. Je bus religieusement une gorgée : c'était quand même du krug 1976.

Sigrid s'assit à la table en face de moi et commença à manger.

– Je n'ai pas salé, à cause des fraises. Vous pouvez poivrer si vous voulez.

– C'est délicieux.

– Oui, le basilic va bien avec les fraises.

Je ratiboisai mon assiette. Cette entrée ne calma pas ma faim.

– Vous avez déjà fini ? s'extasia mon hôtesse qui mangeait à une lenteur désespérante.

– Oui. J'imagine que vous n'aurez plus faim après ce plat ?

– En effet.

– Je ne dois donc pas vous attendre si je veux manger encore ?

Elle rit de ma grossièreté. Dans le frigo, j'allai prendre des victuailles en surnombre que je posai sur la table. Je dévorai du jambon, des cornichons, du tarama, des harengs et de l'époisses affiné au vieux marc de Bourgogne. La condition d'assiégé m'ouvrait l'appétit.

Sigrid applaudissait comme au spectacle. Nous étions d'excellente humeur.

– Vous avez déjà été encerclés, Olaf et vous, dans cette villa ?

– Encerclés ?

– Par des méchants qui vous espionnaient et vous empêchaient de sortir ?

Elle éclata de rire.

– Non, hélas.

– Et si nous faisions comme si nous l'étions ?

– Pourquoi ?

– Il faut glisser des fictions dans la vie. Comme les enfants. Cela donne des conséquences intéressantes.

– Au Palais de Tokyo, il y a des plans de ce genre.

– Voilà. Nous allons procéder à des expériences, à l'exemple du Palais de Tokyo. C'est un happening. Nous éviterons d'être visibles de la rue.

– Cela condamne le salon.

– Condamnons, condamnons. Montons dans votre chambre.

Afin de lui ôter les moyens de réfléchir, je lui mis en main les deux flûtes, je saisis le seau à champagne et bondis dans l'escalier. Quand elle ouvrit la porte de ses appartements, je m'y glissai avec un air de conspirateur.

– Vous êtes sûr que tout ceci n'était pas un procédé pour entrer dans ma chambre ?

– Voyons, Sigrid, si j'avais voulu entrer dans votre chambre, je vous l'aurais demandé, tout simplement.

– Votre chambre donne sur la rue, dit-elle en fronçant les sourcils.

– Vous croyez ?

– Vous le savez bien, Olaf. Vous avez inventé ce stratagème pour passer la nuit avec moi.

– Qu'allez-vous imaginer ?

– Je sais ce que je dis. Les mœurs suédoises sont beaucoup plus libres que les nôtres.

Je songeai aux préservatifs trouvés dans la poche de son défunt époux. Ne sachant que dire, je remplis les flûtes et lui tendis la sienne.

– À quoi buvons-nous ? demanda-t-elle sur le ton du sarcasme.

– Au respect que m'inspire la personne étonnante qui m'accueille en ces lieux.

– Et comment comptez-vous me respecter ?

– En ne faisant rien que vous ne vouliez.

– Je connais ce genre d'avances.

Il fallait absolument que je ne la quitte pas cette nuit. J'ignorais les intentions de nos assiégeants, je savais seulement que je voulais protéger Sigrid à tout instant. Par ailleurs, je ne voulais pas l'inquiéter en l'avertissant du danger. Existait-il une autre méthode pour rester auprès d'elle que la galanterie ?

Je la regardai droit dans les yeux.

– Sigrid, je veux dormir avec vous. Je vous promets de ne pas abuser de la situation.

– Pourquoi vous donnerais-je une permission pareille ?

– Parce que je suis sous votre charme. Dès que vous partez, même pour cinq minutes, même dans la pièce d'à côté, vous me manquez. Très sérieusement, je me demande comment vivre sans vous. Et je ne vois pas ce qu'il y a de coupable dans mon attitude. Sauf dérogation expresse de votre part, je ne songe pas à vous faire subir les derniers outrages.

– Que répondre à vos énormités ?

– Vous verrez, les choses se dérouleront comme je l'ai annoncé. Ce sera très naturel. Nous allons d'abord finir cette bouteille de krug, parce que nous avons le sens des valeurs, et puis nous nous coucherons, comme un frère et une sœur. Vous me prêterez un pyjama d'Olaf.

Je flottais dans le pyjama du mort. Pour dormir, Sigrid revêtit une nuisette en satin, imprimée de nuisettes en satin.

– C'est une mise en abyme, remarquai-je.

– Je prends le côté gauche du lit.

Elle se coucha sous la couette et s'endormit aussitôt. Si j'avais espéré un plan de séduction, c'était raté. Sur la pointe des pieds, j'allai dans ma chambre, sans allumer la lumière, pour voir si nous étions toujours surveillés. Il ne faisait pas encore nuit noire et je vis les deux bonzes à leur poste.

Je regagnai la chambre de Sigrid et entrai dans son lit. Combien de temps allions-nous tenir de cette manière ? L'expression « vivre au jour le jour » prenait tout son sens.

Au son léger de sa respiration, je m'endormis. Je m'éveillai quelques fois pour un besoin. Quand je revenais au lit, je m'émerveillais de la situation : Sigrid sommeillait comme un ange à côté de moi et je n'allais pas tarder à la rejoindre. Le danger, qui pourtant m'inquiétait, ne me donnait aucune insomnie. Et toujours je me rendormais, on eût cru que je tentais de construire un mur dans le matériau même du sommeil.

Au réveil, Sigrid n'était plus là. Je jaillis de la chambre en l'appelant, paniqué.

– Je suis là, j'apporte le petit-déjeuner au lit, répondit-elle.

Rassuré, j'allai m'asperger d'eau glacée. J'entendis s'ouvrir la porte qui donnait sur la rue. Je fonçai à la fenêtre de ma chambre et vis la jeune femme traverser le petit jardin et vider la boîte aux lettres, sans remarquer les deux bonshommes qui la dévisageaient. Elle rentra et referma la porte à clef. Je respirai.

Je me remis au lit. Sigrid apporta un plateau.

– Des toasts avec de la confiture d'oranges, cela vous va ? Sinon, je file à la boulangerie acheter des pains aux raisins.

– C'est parfait.

Je lui versai une tasse de café, lui proposai un

toast qu'elle refusa et goûtai la confiture qui regorgeait de zestes.

– Manifestement, ma présence ne vous a pas empêchée de dormir, dis-je.

– Vous non plus.

– Vous êtes sortie chercher le courrier. À présent, on ne se montre plus côté rue, d'accord ? N'oubliez pas votre décision d'hier soir.

Elle haussa les yeux au ciel comme si un enfant avait dit une bêtise. Tandis qu'elle ouvrait les enveloppes, je mangeai en songeant à ma boîte aux lettres parisienne : explosait-elle ou demeurait-elle aussi vide qu'elle l'était en ma présence ? J'ai observé que le courrier obéissait à la loi des vexations universelles : maigre, voire inexistant quand on avait besoin de sollicitations extérieures, énorme quand on désirait que le monde vous fiche la paix.

Les toasts fondaient dans ma bouche. Je n'avais jamais tant mangé au petit-déjeuner que dans cette villa. L'excellence du sommeil y contribuait sûrement. Je décorais de confiture un énième toast quand je m'aperçus que Sigrid me dévisageait avec horreur, une missive ouverte à la main.

– Quelque mauvaise nouvelle ? demandai-je d'une voix qui sonnait faux.

– Qui êtes-vous ?

Comment n'y avais-je pas pensé ? Les sbires avaient dû lui révéler la vérité sous forme épistolaire. Mais quelle vérité ?

– Sigrid, vous savez que, dans notre métier, nous sommes tenus au secret.

– Olaf est mort ! Vous avez tué mon mari !

– Non ! Je l'ai vu mourir sous mes yeux, je n'y suis pour rien. Il a eu une crise cardiaque dans mon appartement.

– Si c'était cela, vous me l'auriez dit !

Évidemment. Quel idiot !

– Sigrid, je vous jure que c'est vrai.

– Aussi vrai que vous vous appelez Olaf, c'est cela ?

Au pied du mur, je tentai le tout pour le tout :

– Je m'appelle Baptiste Bordave, je suis français, j'ai trente-neuf ans. Je n'ai toujours pas compris qui était votre mari, ni quel était exactement son métier. Samedi matin, il a sonné chez moi – pourquoi chez moi ? – pour passer un coup de téléphone et il est mort aussitôt. J'ai paniqué, je n'ai pas appelé la police. Comme j'ai une vie qui ne mérite pas ce nom, j'ai voulu prendre l'identité d'Olaf. Je suis allé à l'adresse que ses papiers indiquaient, par simple curiosité. Vous connaissez la suite.

– Non, je ne la connais pas. Que faites-vous ici ?

– Je bois du champagne, je vous regarde, je mange, je me repose.

– Je ne vous crois pas. Il paraît que vous avez fouillé dans les affaires d'Olaf.

– En effet.

Je lui expliquai la mélodie décaphonique qui m'avait permis d'identifier le mystérieux appel téléphonique du défunt.

– Et après cela vous prétendez que vous n'êtes pas de la profession ?

– Je suis flatté que vous puissiez le croire.

– Si cette lettre ne m'avait pas avertie, que se serait-il passé ?

– Rien. Je sais que c'est bizarre. Je n'ai jamais été si heureux que depuis que je suis ici avec vous. Si cette maudite missive n'y avait pas mis un terme, j'aurais voulu que cette vie dure éternellement.

– Vous ne m'auriez pas annoncé la mort de mon mari ?

– Vous sembliez tenir à lui, je ne voulais pas gâcher notre idylle.

– Notre idylle !

– Mais oui, c'est le mot qu'on emploie quand deux êtres tombent sous le charme l'un de l'autre.

– Parlez pour vous.

– Peut-être me méprisez-vous, à présent. J'ai vécu des moments qui l'attestent pourtant.

– Je suis polie et vous êtes vaniteux, voici l'explication.

– Sigrid, je ne vous reconnais pas.

– Et moi donc !

– Bon. Nous n'allons pas nous disputer quand il faut agir. Des gorilles nous encerclent réellement depuis avant-hier. Que proposez-vous ?

– C'est votre problème. Je ne risque rien, moi.

– Vous croyez cela ? La lettre est-elle signée Georges Sheneve ?

– Vous le connaissez ?

– C'est l'homme qu'avait appelé Olaf au moment de mourir chez moi. Que savez-vous de lui ?

– Je n'ai jamais entendu ce nom.

– C'était peut-être un ennemi d'Olaf. Ça sent le coup monté. Je ne peux croire que ce soit par hasard qu'Olaf soit venu mourir chez moi. D'autant que, la veille, un type m'avait tenu des propos comme pour me dicter ma conduite. Olaf avait mon âge, ma taille, ma couleur de cheveux. L'échange d'identité était possible.

– Vous n'avez pas sa corpulence.

– À ce régime, je n'aurais pas tardé à l'avoir, dis-je en montrant le plateau.

Étrangement, ce dernier argument parut la convaincre de ma bonne foi.

Sigrid alla à la fenêtre de mon ancienne chambre pour observer nos espions. Elle revint en disant qu'ils lui étaient inconnus et qu'ils ne semblaient pas dangereux.

– Qu'en savez-vous ? Ils sont peut-être armés, protestai-je.

– Pourquoi nous tueraient-ils ?

– À notre insu, nous sommes peut-être les témoins de faits gênants. Je suis le seul à avoir vu Olaf mourir.

– D'après ce que vous dites, cette mort n'était pas criminelle.

– Plus le temps passe, plus je pense qu'elle l'était. Ils avaient tâté le terrain. Qui d'autre que moi aurait pu être tenté de se substituer à lui ? L'unique question que je me pose encore, c'est celle de l'adhésion d'Olaf à cette affaire : était-il consentant ou manipulé ?

– Comment pouvez-vous croire qu'Olaf ait consenti à mourir ?

– Sigrid, je suis désolé, mais vous devez admettre que vous le connaissiez à peine.

– En effet. Mais je sais que c'était quelqu'un de bien.

– C'était sûrement aussi quelqu'un de bien.

– Que voulez-vous dire par aussi ?

– Je ne le sais pas moi-même. Pouvons-nous fuir sans être vus des gorilles ?

– Fuir pour aller où ? J'aime cette villa !

– Pas au point d'y mourir, j'imagine.

– Ces hommes sont là depuis deux jours. Pourquoi attaqueraient-ils aujourd'hui ?

– Parce qu'ils savent que vous avez reçu la lettre.

– S'ils m'ont écrit, c'est qu'ils me considèrent comme une complice. C'est vous qu'ils veulent, pas moi.

– Olaf aussi était leur complice. Vous voyez ce que ça lui a valu.

Elle soupira :

– Où irons-nous ?

– J'ai garé la voiture d'Olaf un peu plus loin. Nous irons où vous voudrez.

– Je n'ai nulle part où aller.

– Moi non plus. Mais ce n'est pas encore la question. Comment fuir ?

– Olaf avait prévu cette situation. En secret, il avait construit une galerie qui va de la cave à la banque.

– Pourquoi à la banque ?

– Un film de Woody Allen le lui avait suggéré. Il disait qu'en cas de fuite, l'argent était le produit de première nécessité.

– Je comprends que vous l'ayez aimé.

Il me fallut encore insister. Ce que Sigrid voulait le moins quitter était sa réserve de champagne. Cette attitude m'était infiniment sympathique, mais je la persuadai qu'avec l'argent de la banque, tous les restaurants du monde deviendraient notre stock de champagne.

Je l'aidai à faire sa valise, choisissant les robes qui me plaisaient le plus. J'admirai la désinvolture avec laquelle elle abandonna le reste de sa vie.

J'étais sur le point de filer en peignoir. Elle me pria de me changer. À regret, je me départis de cette seconde peau.

Au moment de descendre à la cave, je lui demandai si nous emmènerions Biscuit.

– Non, dit-elle. C'est ici qu'il est heureux.

Je lui donnai raison. Biscuit était inséparable de son biotope. Autant arracher une vestale au temple.

Dans le cellier, Sigrid ouvrit une trappe invisible qu'elle referma derrière elle. Une galerie qu'elle éclairait à la lampe de poche nous happa de tout son long.

– C'est herculéen. Combien de temps Olaf a-t-il consacré à ce tunnel ?

– Des années.

Olaf devait se douter que sa vie était en danger. On ne creuse pas une telle galerie sans une solide motivation.

Au bout du tunnel, il y avait deux portes.

– Celle-ci rejoint la banque et celle-là donne sur la rue.

– Il me paraît rationnel de commencer par la banque.

Nous en avons tous rêvé : pénétrer dans le coffre-fort d'une banque et remplir d'argent un sac à dos. Ce fut un beau moment de ma vie. Quand le sac fut sur le point d'exploser, Sigrid m'intima d'arrêter.

– Je vous rappelle que nous ne sommes que deux.

L'autre porte débouchait entre un kiosque et une poubelle pour le verre. C'était discret, du grand Olaf. Grisé par le poids des billets de banque sur mon dos, je guidai Sigrid vers la voiture.

Je démarrai et roulai au hasard. Chaque fois qu'un panneau indiquait « Autres directions », je le suivais.

– Où allons-nous ? demanda Sigrid.

– Vous verrez, dis-je.

Je verrais aussi. Je n'en savais rien.

– C'est la première fois que vous allez vous servir à la banque ?

– Bien sûr, dit-elle.

– Pourquoi bien sûr ?

– Jusqu'ici je n'en ai jamais eu besoin. Olaf ne m'a jamais laissée manquer de rien : la fameuse Carte bleue.

– Oui, mais le plaisir de dévaliser une banque !

– Cela ne m'a jamais tentée.

Drôle de fille.

Je m'aperçus qu'elle pleurait discrètement. Comme un lourdaud, je lui en demandai la raison.

– Olaf est mort, dit-elle sobrement.

– Il vous manquera ?

– Oui. Je ne le voyais pas beaucoup. Mais le peu de temps que je passais avec lui comptait.

À force de suivre les panneaux « Autres directions », je me rendis compte que nous roulions vers le nord.

– J'ai compris, dit Sigrid en souriant entre ses larmes. Nous allons en Suède.

– Oui, improvisai-je.

– Ce pays vous est aussi étranger qu'à moi.

– En effet. Nous effectuons un pèlerinage sur les traces d'Olaf.

– Merci. Cela me touche beaucoup.

Nous avons traversé la Belgique, la Hollande, l'Allemagne et enfin le Danemark. Là, nous avons franchi tant de ponts et tant d'îles que nous avons eu l'impression dc rouler sur la mer.

Le sol suédois nous parut sacré. Les pneus de la Jaguar frémirent en le touchant.

Au Grand Hôtel Vasa de Stockholm, je priai Sigrid d'appeler Baptiste Bordave sur son lieu de travail. Elle forma le numéro que je lui dictai et mit le haut-parleur.

– Pourrais-je parler à M. Bordave, je vous prie ?

Silence. Puis je reconnus la voix de cette vieille pimbêche de Melina :

– Madame, je suis désolée, mais M. Bordave est décédé samedi dernier.

– Pardon ?

– Une crise cardiaque à son domicile. Souhaitez-vous parler à quelqu'un d'autre ?

– Non.

Sigrid raccrocha.

– C'est donc vous qui êtes mort et non Olaf, dit-elle.

– Oui. Je n'ai plus d'autre identité possible que celle d'Olaf Sildur, avec votre permission.

JE n'eus pas besoin d'épouser Sigrid : Olaf l'avait déjà fait à ma place. Tant mieux : les cérémonies m'ont toujours insupporté. Je me retrouvais dans la situation enviable de mari de Sigrid, sans devoir subir les formalités d'usage.

La suite du Vasa de Stockholm devint notre domicile. « Une chaumière et un cœur », pensais-je chaque fois que je considérais mon étonnante situation. Je réglais cash à la petite semaine.

Changer la totalité des billets volés à Versailles me prit un certain temps : ce dernier ne me manquait pas. Quand ce fut chose faite, je rangeai les liasses d'euros dans une valise en crocodile et me rendis au siège de HSBC Suède où je demandai rendez-vous. Un banquier me reçut avec cérémonie.

– C'est pour ouvrir un compte, dis-je en montrant le contenu de la valise.

L'homme ne cilla pas, appela quelqu'un au téléphone puis m'avertit qu'un spécialiste allait compter et examiner cet argent.

– C'est bien normal, répondis-je en acceptant le cigare qu'il me proposa.

Un type vint chercher la valise et sortit.

– Il en a pour une demi-heure, annonça le banquier.

Ces trente minutes lui servirent à discuter avec moi, histoire de mieux connaître un aussi riche client. J'expliquai que j'avais quitté la Suède peu après ma naissance, d'où mon ignorance de cette langue. Il brûlait de m'interroger sur l'origine de ce pactole, mais redoutait d'être trop direct. Bon prince, je racontai qu'à Paris, j'avais eu l'idée de créer un fonds d'art contemporain qui m'avait rapporté gros.

– L'art contemporain, répéta-t-il comme pour s'assurer que c'était le mot-clé.

– C'est ma passion, répondis-je avec une sobriété convaincante.

– Et pourquoi avez-vous décidé de revenir dans votre pays d'origine ?

– Je veux créer un fonds d'art contemporain à Stockholm également. Il n'est pas juste que les Français soient les seuls à bénéficier de mes ressources.

L'autorité prétentieuse de mon propos produisit beaucoup d'effet. J'avais parlé avec l'orgueil d'un authentique richard. Le banquier ne douta plus de mon honnêteté.

Le vérificateur revint avec la valise et tendit un papier à celui qui était en train de devenir mon homme d'affaires.

– Voulez-vous signer ceci, s'il vous plaît, monsieur Sildur ?

J'inscrivis ma signature au bas d'un document qui attestait que je déposais chez HSBC un montant à huit chiffres. Mon visage ne trahit rien.

En attendant de recevoir mon chéquier et ma carte de crédit, je payais avec la Carte bleue d'Olaf. Sigrid me l'avait présentée comme dotée d'un pouvoir infini : je préférais ne pas avoir à en découvrir les limites.

– Cela ne vous gêne pas trop de vivre avec un voleur ? demandai-je à Sigrid.

– Le vol d'argent me choque moins que le vol d'identité, répondit-elle.

– Pourquoi restez-vous ?

Elle me prit dans ses bras en me priant de ne plus poser de questions stupides. Je me le tins pour dit.

LES mensonges ont de curieux pouvoirs : celui qui les a inventés leur obéit.

Moi qui avais toujours détesté les musées et les galeries d'art, je me mis à les fréquenter assidûment : Sigrid me communiqua sa passion pour l'art contemporain.

Le déclic fut une exposition de Patrick Guns intitulée *My Last Meals*. Au premier regard, cela correspondait à l'idée que je me faisais de l'art contemporain : des photos un peu moches avec des commentaires sans intérêt.

Et puis Sigrid m'expliqua. Le site web d'une prison texane divulguait les derniers repas qu'avaient demandés les condamnés à mort la veille de leur exécution. L'intention des tôliers était cynique : il s'agissait de railler les ultimes rêves alimentaires de ces grands criminels dont les menus rivalisaient de naïveté.

Patrick Guns avait trouvé le procédé si révulsant qu'il l'avait inversé. Décidant que ces fantasmes de cheeseburgers et de brownies méritaient le plus profond respect, il avait prié les chefs culinaires les plus estimés de la Terre de réaliser ces menus avec un faste dont les malheureux n'avaient sûrement pas bénéficié.

Guns avait ensuite photographié les repas auprès du cuisinier, accompagnés d'une notice portant la composition exacte de la commande du condamné, le nom de celui-ci et la date de son exécution. Les tirages – un mètre sur quatre-vingts centimètres – permettaient d'admirer le lustre des frites, qui figuraient sur la quasi-totalité des clichés.

Aucun n'avait demandé de vin, de bière, ni d'alcool. Les boissons spécifiées étaient aussi enfantines que les mets : lait, ice-tea, Coca. Rares étaient ceux qui osaient essayer un plat inconnu et luxueux : ils préféraient les valeurs sûres, comme les patates en chemise et la salade de chou.

Sur la commande d'un certain Lee D. Wong, j'avisai un détail qui me surprit :

– Il a précisé qu'il voulait du Coca light, dis-je à Sigrid.

– Oui, et alors ?

– À un moment pareil, on oublie sa ligne, non ?

Sigrid réfléchit un instant avant de répondre :

– Je trouve beau de se soucier d'être mince le jour de sa mort.

Si je ne l'avais pas déjà aimée, je serais tombé amoureux d'elle pour cette phrase.

Je m'éloignai d'elle pour regarder d'autres photos et lire minutieusement chaque menu. Peu à peu, je m'aperçus que j'étais ému. Il était bouleversant de constater que la perspective d'une injection létale n'empêchait pas l'homme de désirer renouer avec les premiers plaisirs de son existence, tels que la purée, l'apple-pie ou le milk-shake.

Patrick Guns discutait avec le galeriste. Je vins le féliciter chaleureusement.

– Croyez-vous qu'il serait possible de servir pour de vrai aux condamnés ces commandes réalisées par ces chefs ?

– J'y ai pensé, dit-il. C'est malheureusement interdit par les autorités pénitentiaires américaines.

– Dès lors, n'est-il pas un peu vain de préparer quand même ces repas ?

– Non. C'est l'un des rôles de l'art : rendre justice à ceux qui en ont été privés. Ces restaurateurs portent bien leur titre : ils restaurent l'humanité des exécutés.

J'allai consulter le livre d'or. J'y lus, entre autres, des gribouillis indignés : « C'est morbide », ou : « Vous feriez mieux de donner à manger aux innocents qui crèvent de faim », voire : « Moi, je suis pour la peine de mort » – comme quoi, les projets les plus nobles s'attirent toujours les foudres.

Convaincu désormais de ma vocation, j'achetai plusieurs œuvres de Guns. Ce seraient les premières acquisitions du Fonds Olaf-Sildur d'art contemporain.

Ma nouvelle vie consista à hanter les galeries de Stockholm à la recherche de talents. Je me portais acquéreur de tout ce qui me touchait, quel qu'en fût le prix.

Bientôt, la suite de l'hôtel ne put plus contenir tant de tableaux et de statues, sans parler du style du Vasa qui jurait avec celui des œuvres les plus novatrices. Sigrid visita plusieurs appartements avant de me fixer un curieux rendez-vous dans un bas quartier de la ville.

Elle me prit par la main, ouvrit une porte, traversa avec moi un très long couloir misérable au bout duquel elle m'ordonna de fermer les yeux. Elle me fit entrer, me guida encore puis m'autorisa à regarder.

J'étais au cœur d'un gigantesque espace qui exprimait fabuleusement la notion de vide. Comme il était d'un seul tenant, d'aucuns l'auraient qualifié de loft. Pour moi, par ses volumes, sa disposition, ses pilastres et son mystère, il évoquait le temple d'Abou-Simbel. Je le baptisai ainsi et l'achetai, sans m'enquérir de son prix.

Quand il fut nôtre, ma collection y fut installée. Comme nous ne possédions pas encore de meubles, l'appartement ressemblait à un musée. Je m'assis avec Sigrid sur le sol pour contempler cet invraisemblable palais.

– C'est chez nous, dis-je.

– Il nous faudrait un lit, dit Sigrid.

– Ou plutôt deux sarcophages.

Peu à peu, Sigrid meubla le temple qui commença à évoquer Abou-Simbel avant les pillages.

À ce régime, mon compte en banque fondit comme neige au soleil. On n'imagine pas combien cela coûte cher, un Gormley, pour ne citer que lui. Même la Carte bleue d'Olaf ne voulait plus rien entendre.

Un jour, le monsieur qui s'occupait de mes finances chez HSBC me téléphona pour me dire que je m'étais endetté à proportion de la somme que je lui avais apportée cash deux ans plus tôt.

– Ah oui, fut mon seul commentaire.

Je raccrochai et continuai à contracter des dettes pharaoniques. Je savais que je ne risquais rien. Les banques tiennent à leurs clients prodigieusement endettés autant qu'à leurs milliardaires, surtout quand leur passif succède à une fortune : les banquiers se persuadent qu'un homme qui a été si riche est capable de se refaire. S'il reste endetté, c'est qu'il a investi. Cet homme courageux croit en l'avenir – comme le prouvait mon ambitieux fonds d'art contemporain.

Sigrid et moi reproduisions à l'échelle individuelle la logique économique des pays les plus puissants de la planète. Notre dette publique nous indifférait. C'était le fait du prince.

Les hommes de Sheneve ne nous ont pas rattrapés, mais le danger n'en a jamais été écarté. Cette épée de Damoclès a maintenu notre bonheur dans cet état convulsif dont la triste tranquillité prive les gens sans histoire.

Certains matins d'hiver, Sigrid me demandait de la conduire jusqu'au Cercle polaire. Il fallait rouler plus d'un jour et traverser la frontière norvégienne jusqu'à la côte. Parfois la mer avait gelé, les îles n'étaient plus des îles, on les gagnait à pied sec.

Sigrid contemplait interminablement la blancheur et je croyais savoir à quoi elle pensait. Pour moi, ce blanc était celui de la page vierge que j'avais conquise.

Achevé d'imprimer
en juillet 2009
par Printer Industria Gráfica
pour le compte de France Loisirs, Paris

Numéro d'éditeur : 56425
Dépôt légal : mai 2009

Imprimé en Espagne